小溪，你说什么

〔黎巴嫩〕纪·哈·纪伯伦 等／著
冰心 等／译　猫馒头／绘

U0830472

GUANGXI NORMAL UNIVERSITY PRESS
广西师范大学出版社
·桂林·

小溪，你说什么
Xiaoxi Ni Shuo Shenme

出 品 人：柳　漾
编辑总监：周　英
项目主管：冒海燕
责任编辑：周祖为
助理编辑：严利颖
装帧设计：林格伦文化
封面设计：李　坤　潘丽芬
责任技编：李春林

图书在版编目（CIP）数据

小溪，你说什么 /（黎巴嫩）纪·哈·纪伯伦等著；冰心等译；猫馒头绘. --桂林：广西师范大学出版社，2017.9（2019.3 重印）
（魔法象. 故事森林. 世界大作家寄小读者丛书）
ISBN 978-7-5495-9826-7

Ⅰ. ①小… Ⅱ. ①纪…②冰…③猫… Ⅲ. ①儿童文学－散文集－世界 Ⅳ. ①I18

中国版本图书馆 CIP 数据核字（2017）第 127979 号

广西师范大学出版社出版发行
（广西桂林市五里店路 9 号　邮政编码：541004
网址：http://www.bbtpress.com）
出版人：张艺兵
全国新华书店经销
河北远涛彩色印刷有限公司印刷
（河北省石家庄市栾城区冶河村　邮政编码：050000）
开本：880 mm × 1 240 mm　1/32
印张：6　　字数：88 千字
2017 年 9 月第 1 版　　2019 年 3 月第 2 次印刷
定价：21.80 元

前言

曾经有许多人这样设想过：假如有一天，你将独自一人驾驶着一艘小舟绕地球旅行，或者你将独自一人前往一座孤岛，在那里生活一年甚至更久的时间，而你只能（或者说只允许你）选择一样东西带在身边，供自己娱乐，那么，你将选择什么呢？

是一块大蛋糕、一盒扑克牌、一只小松鼠、一幅美丽的图画，还是一本书、一个八音盒、一把口琴，或一只装满了纸的画箱？

每个人都可以自由地做出自己的选择。然而大多数人表示，更愿意选择一本书。蛋糕一吃就没了；扑克牌和松鼠不久就会变得乏味；围绕在孤岛四周的大海上的景色，胜过你带去的最美丽的图画；八音盒和口琴只能唤起你更大的孤独感；画箱里的纸装得再多也会用完……而唯有一本书——一本你所喜爱的书，才仿佛是一位永远亲切而有趣的旅伴。

它将伴随你，给你无穷无尽的想象和欢乐，使你百读不厌、常读常新，不断地感知和发现新的真理；它将帮助你战胜寂寞和孤独，像黑夜里的明灯、星光和小小的萤火虫，为你照亮夜行的小路，指引你、帮助你去认识世上的善恶和美丑。

是的，什么也不能像书那样帮助我们，用生活、用心灵去感知和认识未知的事物。英国著名女作家尤安·艾肯在1974年为国际儿童图书节所写的献辞里讲到，如果有一天，她真的独自漂流在茫茫的大海上，身边只有一本书为伴，那么，“我愿意坐在自己的船里，一遍又一遍地读那本书”。她说：“首先，我会思考，想想故事里的人为何如此作为。然后，我可能会想，作家为什么要写那个故事。接下来，我会在脑子里继续这个故事，回过头来回味我最欣赏的一些片段，并问问自己为什么喜欢它们。我还会再读另一部分，试图从中找到我以前忽视了的东西。做完这些，我还会把从书中学到的东西列个单子。最后，我会想象那个作者是什么样的，全凭他写书的方式去判断他……这真像与另一个人同船而行。”女作家相信，在这种情况下，一本书就是一位好朋友，是一处你随时乐意去就去的熟地方。而且从某种意义上说，它是只属于自己的东西，因为世上没有两个人用同一种方式去读同一本书。

另一位国际安徒生奖获得者、苏联著名儿童文学家和教育家谢尔盖·米哈尔科夫，写过一本关于儿童成长与素质教育问题的散文名著《一切从童年开始》。他在这本书的开篇就指出：书是孩子们生活中最好的伴侣。他说，无论孩子们的家庭生活和学校生活多么有趣，可是如果不去阅读一些美好、有趣和珍贵的书，也就像被夺去了童年最可贵的财富一样，其损失将是不可弥补的。很难设想一个没有阅读、没有好书的记忆的童年会是什么样子。他告诉所有的家长、老师和为孩子们工作的人:“一本适时的好书能够决定一个人的命运，或者成为他的指路明星，确定他终生的理想。”这本书中还有一章《生活中的伴侣:书》，专门谈论书与阅读对一个孩子的成长的重要性和影响力。他谈到，有些书，一个人如果不在童年时读到它们，不曾在童年时代为它们动过真情、流过眼泪，那么这个人的本性和他整个的精神成长，就可能有所欠缺，甚至“将是愚昧和不文明的”。他举了自己在八岁时所记住的诗人涅克拉索夫的几行诗为例，它们出自《涅克拉索夫选集》:“在我们这块低洼的沼泽地方，要不是总有人用网去捕，用绳索去套，各种野兽会比现在多五倍，兔子当然也一样，真让人心伤。”他说，过去了许多年——超过了半个世纪之后，这些诗句仍然没有失去当年迷人的魅力，它们仍然在不断地唤醒他的良知和爱心，像童年时一样。他小时候还读过一本文字优美的诗体小说《马扎依爷爷》，当他自己也成了一名作家后，他仍然要特地去看看当年马扎依爷爷搭救可怜的小兔子的地方。他举这些小例子只为了说明，一个人，只有从小热爱、珍惜和尊重自己祖国和世界最优秀的文学遗产——那些读也读不尽的好书——你的精神世界才会变得丰富、健全、美好和高尚。

本套丛书精选了适合少年儿童读者阅读和欣赏的作品。这些作品，或许可以视为一代代文学大师与幼小者们的心灵对话，是一棵棵参天大树对身边和脚下小花小草们的关注与祝福，是属于全人类的文学遗产中珍贵和美丽的一部分。从这些文学大师的形形色色的童年生活细节和独特的成长感受里，我们的小读者不仅可以获得启示，也可以得到文学的享受、美的熏陶。

自然，世界上的书是各种各样的，这是因为我们这个世界本身是丰富多彩的。欢乐的、悲哀的，真实的、魔幻的，崇高的、卑微的，美好的、丑恶的，等等，整个活生生的世界，都可能进入一本书中。也许正因为如此，我们才更加觉得书的神奇与伟大。我们从不同的书中，既可以看到我们所赖以生存的这个真实的世界，以及我们周围的真实的人、所发生的真实的事件，又可以看到那些来自于写书人头脑的虚构和幻想中的世界、人物和故事，如巨人和小矮人、恶毒的巫婆、善良的精灵、神秘的外星人、聪慧的魔法师、美丽的海妖、可怕的吸血鬼，等等。

美国女诗人艾米莉·狄金森写过这样几行诗："没有任何大船，能像书本一样，载着我们远航；没有任何骏马，能像一页页奔腾的诗行，把我们带向远方。"是的，一本书可以超越最久远的时间和最辽阔的空间，让我们在任何时候和任何地方，都能够反复看到最古老的过去或最遥远的未来。书，帮助我们每一个人成长：从懵懂的小孩长成有美好的情感、有丰富的想象力、有智慧、有思想、有发明和创造力的巨人。我们期待，你现在所阅读的，就是这样一本对你的成长有所帮助的好书。

徐鲁

目录

纸船

〔印度〕泰戈尔

我每天把纸船一只只放在急流的溪中。

我用大黑字把我的名字和我住的村名写在纸船上。

我希望住在异地的人会得到这纸船，知道我是谁。

我把园中的秀利花载在我的小船上，希望这些黎明开的花能在夜里被平平安安地带到岸上。

我把我的纸船投到水里，仰望天空，看见小朵的云正张着满鼓着风的白帆。

我不知道天上有我的什么游伴把这些船放下来同我的船比赛。

夜来了，我把脸埋在手臂里，梦见我的纸船在子夜的星光下缓缓地浮泛前去。

睡仙坐在船里，带着满载着梦的篮子。

（郑振铎／译）

罗宾德拉纳特·泰戈尔（1861~1941），印度近代伟大的文学家和社会活动家。他出生于加尔各答一个贵族家庭，父亲是当地闻名的哲学家和社会活动家。1878 年泰戈尔赴英国留学，两年后肄业回到印度，献身文学事业。20 世纪头 20 年，是其创作成就最辉煌的时期，其中长篇小说《沉船》堪称珍品，《戈拉》是描写当时印度社会的史诗性作品；抒情诗集《吉檀迦利》被誉为印度诗歌的瑰宝，泰戈尔还凭借该作获得了 1913 年诺贝尔文学奖，成为第一位获得该奖项的东方作家。

恶邮差

〔印度〕泰戈尔

你为什么坐在那边地板上不言不动？告诉我呀，亲爱的妈妈。

雨从开着的窗户打进来了，把你身上全打湿了，你却不管。

你听见钟打了四下吗？正是哥哥从学校回家的时候。

到底发生了什么事？你的神色这样不对。

你今天没有接到爸爸的信吗？

我看见邮差用他的袋子带了许多信来，几乎镇里的每个人都分送到了。

只有爸爸的信，他留起来给自己看。我确信这个邮差是个坏人。

但是不要因此不乐呀，亲爱的妈妈。

明天是邻村市集的日子。你叫女仆去买些笔和纸来。

我会写爸爸所写的一切信，使你找不出一点错处。

我要从 A 字一直写到 K 字。

但是，妈妈，你为什么笑呢？

你不相信我能写得同爸爸一样好？

但是我将用心画格子，把所有字母都写得又大又美。

当我写好了，你以为我也像爸爸那样傻，把它投入可怕的邮差的袋中吗？

我立刻就自己送来给你，而且一个字母一个字母地帮助你读。

我知道那邮差是不肯把真正的好信送给你的。

（郑振铎／译）

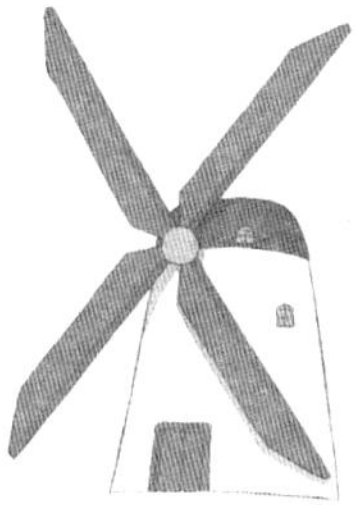

小巷

〔印度〕泰戈尔

我们这条用石头铺成的小巷，弯弯曲曲，一会儿向右，一会儿向左，仿佛是出来寻找什么东西似的。但是不论拐向什么方向，它总会遇到一些障碍：这边楼房高矗，那边楼房林立，前边楼房鳞次栉比。

小巷抬头仰望，它窥见头上是一条天空碧带——它和小巷一样狭窄，它和小巷一样蜿蜒。

小巷询问这条狭窄的天带："请问姐姐，你是哪座碧城里的小街？"

中午，它在一瞬间看见了太阳，于是，它默默地对自己说："我一点都不明白，这是什么地方。"

两排楼房之间的雨云，渐渐浓重了，就好像有人在这小巷的笔记本上用铅笔涂掉它的一块光明。雨水在它的石面上涓涓流淌，雨滴发出击鼓般的声响，宛如耍蛇时节的声响。路很滑，行人的雨伞时而相互碰擦，一股水流，猝然从屋檐上跳到行人的伞上，致使他们十分惊讶。

小巷感慨道："要是干旱该多好啊！雨为什么这样毫无缘故地连续下呀？"

在帕尔衮月[1]，南风就像一位不幸的人，突然闯进小巷，顿时碎纸飘舞，尘土飞扬。小巷气馁地说："这一定是哪位疯癫的神仙醉得发狂！"

在这个小巷的两旁，各种垃圾——鱼鳞、炉灰、菜屑、死鼠，每天都在那里堆放。小巷知道，这一切都是现实。即使它健忘，也从来不会这样呆想："这一切都是为了哪桩？"

然而，当秋阳映照在屋顶的晒台上，当祭祀的钟声当当敲响，小巷心里立刻感到："在这条用石头铺成的道路之外，或许还存在着某种伟大之光！"

在这里，时间在流逝。阳光犹如忙碌的主妇的纱丽一角，从一排排楼房的肩上滑落到小巷的身旁。时钟敲过九点，女仆夹着篮子从市场返回厨房，小巷弥漫着缕缕炊烟和烹饪的油香。去上班的人们，赶路匆忙。

小巷当时又在想："在这条用石头铺成的道路上，一切都是真理。而我认为最伟大的东西，只不过是一种梦想。"

（友 忱／译）

---

[1] 帕尔衮月，是孟加拉国历十一月，相当于公历二三月之间。——编者注

同情

〔印度〕泰戈尔

如果我不是你的小孩，只是一条小狗，亲爱的妈妈，我想吃你盘子里的食物时，你会对我说声“不”吗？

你会撵走我，对我说“走开，你这顽皮的小狗”吗？

如果这样，那我就走了，妈妈，走了！你叫唤我时，我就决不到你身边来，决不让你再来喂我吃东西了。

如果我不是你的小孩，只是一只绿色的小鹦鹉，亲爱的妈妈，你会用链子把我缚住，生怕我飞走吗？

你会对我指指点点地说“好一只不知感恩的鸟！它日日夜夜咬着链子”吗？

如果这样，那我就走了，妈妈，走了！我就一定逃到森林里去，我就决不让你再把我抱在怀里了。

（吴 岩／译）

花的学校

〔印度〕泰戈尔

当雷云在天上轰响，六月的阵雨落下的时候，润湿的东风走过原野，在竹林中吹着口笛。

于是一群一群的花从无人知道的地方突然跑出来，在绿草地上跳着狂欢的舞。

妈妈，我真的觉得那群花朵是在地下的学校里上学。

他们关了门在做功课。如果他们想在放学以前出来游戏，他们的老师是要罚他们站壁角的。

雨一来，他们便放假了。

树枝在林中互相碰触着，绿叶在狂风里簌簌地响着，雷云拍着大手。

这时花孩子们便穿了紫的、黄的、白的衣裳，冲了出来。

你可知道，妈妈，他们的家是在天上，在星星所住的地方。

你没看见他们是怎样地急着要到那儿去吗？你不知道他们为什么那样急急忙忙吗？

我自然能够猜得出他们是对谁扬起双臂来——他们也有他们的妈妈，就像我有自己的妈妈一样。

（郑振铎／译）

告别

〔印度〕泰戈尔

是我走的时候了，妈妈，我走了。

当清寂的黎明来临，你在暗中伸出双臂，要抱你睡在床上的孩子时，我要说道："孩子不在那里呀！"妈妈，我走了。

我要变成一股清风，抚摸着你；我要变成水的涟漪，当你浴时，把你吻了又吻。

大风之夜，当雨点在树叶上淅沥时，你在床上，会听见我的微语；当电光从开着的窗户闪进你的屋里时，我的笑声也偕了它一同闪进了。

如果你醒着躺在床上，想你的孩子直到深夜，我便要从星空向你唱道："睡呀，妈妈，睡呀。"

我要坐在四处游荡的月光上，偷偷地来到你的床上，乘你睡着时，躺在你的胸上。

我要变成一个梦，从你眼皮的微缝中，钻到你睡眠的深处。当你醒来吃惊地四望时，我便如闪耀的萤火虫似的，熠熠地向暗中飞去了。

当杜尔伽节[1]到来，邻家的孩子们来屋里游玩时，我便要融化在笛声里，整日在你心头飘荡。

亲爱的阿姨带了杜尔伽节礼物来，问道："我们的孩子在哪里，姊姊？"妈妈，你将要柔声地告诉她："他呀，他现在是在我的瞳仁里，他现在是在我的身体里，在我的灵魂里。"

（郑振铎／译）

---

[1] 杜尔伽节是印度宗教节日，每年10月初开始。节日期间，人们在神棚中聆听祭司们朗诵歌颂杜尔伽女神的梵文，并祈祷女神为他们驱灾避难。——编者注

黄昏和黎明

〔印度〕泰戈尔

在这里，黄昏已经降临。太阳神噢，你那黎明现在沉落在哪个国度、哪个海滨?

在这里，晚香玉在黑暗中微微颤动，宛如披着面纱的新娘，羞涩地立在新房之门。晨花——金香木，又在哪里绽蕾?

有人被惊醒。黄昏点燃的灯火已经熄灭，夜晚编好的白玫瑰花环也已凋落。

在这里，家家的柴扉紧闭；在那边，户户的窗子敞开。在这里，船舶靠岸，渔民入睡；在那边，顺风扬起了篷帆。

人们离开客店，面向朝阳向东方走去，晨光洒在他们的额上，可他们的渡河之费直到现在还没有偿付。透过路旁的一扇扇窗扉，那一双双黑黑的眼睛，含着怜悯的渴望，正在凝视着他们的后背。一条大路展现在他们的面前，犹如一封朱红的请帖发出邀请："一切都已为你们准备就绪。"随着他们心潮的节奏，胜利之鼓已经擂响。

在这里，所有的人都乘坐着日暮之舟，向灰暗的晚霞微光中渡去。

在客店的院落里，他们铺下破衣烂衫，有人孑然一身，有人带着疲惫的伴侣。黑暗中无法看清，前面的路上将有什么，可是，现在他们正悄悄地谈论着后面走过的路上所发生的事，谈着谈着话语中断，而后一片静寂，而后他们从院里抬头仰望，北斗七星正悬在天边。

太阳神噢，在你的左边是这黄昏，在你的右边是那黎明，请你让这两者联合起来吧！就让这阴影和那光明相互拥抱和亲吻吧！就让这黄昏之曲为那黎明之歌祝福吧！

（友 忱／译）

竹笛

〔印度〕泰戈尔

竹笛的话语，永恒的话语。它是源于湿婆头发的恒河流水每天都流经的大地的胸田；它宛如仙界之子，在和死者的灰烬戏耍中降临人间。

我立在路旁，倾听着笛声，我不能理解，我当时怀着一种什么样的心情。我本想把这种苦痛融汇在那熟悉的苦乐之中，但是它们却未能融汇。我发现，它比那熟悉的微笑还清晰，它比那熟悉的泪海还深沉。

我还觉得，熟悉的东西并不是真理，而真理则属于不熟悉的东西。这种奇怪的感受是怎么产生的呢？这用语言是无法回答的。

今天早晨，我一起来就听见，正在娶亲的人家吹起了竹笛。

那平素的笛声与这婚礼第一天的笛声有何相似之

处？隐秘的不满、深沉的失望，蔑视、傲慢、疲倦，日益崩塌的信心、丑陋无为的争吵、不可原谅的冲突、目之所及的贫穷——这一切，又怎么能用竹笛的仙语表达出来呢?

歌喉从人世之巅将一切熟悉的语言帷幕一下子撕破。永恒的新郎和新娘,蒙着一块殷红而羞涩的头巾来相会，而头巾正是在这笛声中徐徐揭去。

当那边的竹笛奏响了交换花环的乐曲，我就望了一眼这里的这位新娘：她颈上戴着金项链，她的脚上戴着两只脚镯,她仿佛就站在泪湖中的一朵欢乐的莲花之上。

笛声赞美她成为新家的一员,然而对她却还不了解，姑娘从熟悉的家园来到这里，做了陌生人家的媳妇。

竹笛说，这才是真理。

（友 忧／译）

对岸

〔印度〕泰戈尔

我渴望到河的对岸去，在那边，好些船只一行儿系在竹竿上。

人们在早晨乘船渡过那边去，肩上扛着犁头，去耕耘他们远处的田。

在那边，牧人使他们鸣叫着的牛游到河道旁的牧场去。

黄昏的时候，他们都回家了，只留下豺狼在这满长着野草的岛上哀叫。

妈妈，如果你不在意，我长大的时候，要做这渡船的船夫。

据说有好些古怪的池塘藏在这个高岸之后。

雨过去了，一群一群的野鸟飞到那里去。

茂盛的芦苇在河岸四周生长，水鸟在那里生蛋。

竹鸡带着跳舞的尾巴，将它们细小的足印印在洁净的软泥上。

黄昏的时候，长草顶着白花，邀月光在长草的波浪上浮游。

妈妈，如果你不在意，我长大的时候，要做这渡船的船夫。

我要自此岸至彼岸，渡过来，渡过去，所有村中正在那儿沐浴的男孩女孩，都要诧异地望着我。

太阳升到中天，早晨变为正午了，我将跑到你那里去，说道："妈妈，我饿了！"

一天完了，影子俯伏在树底下，我便要在黄昏中回家来。

我将永不像爸爸那样，离开你到城里去做事。

妈妈，如果你不在意，我长大的时候，要做这渡船的船夫。

（郑振铎／译）

新月集

〔印度〕泰戈尔

第一次的茉莉

呵，这些茉莉花，这些白的茉莉花！

我仿佛记得我第一次双手满捧着这些茉莉花，这些白的茉莉花的时候。

我喜爱那日光，那天空，那绿色的大地。

我听见那河水淙淙的流声，在黑漆的午夜里传过来。

秋天的夕阳，在荒原上大路转角处迎我，如新妇揭起她的面纱迎接她的爱人。

但我想起孩提时第一次捧在手里的白茉莉，心里充满着甜蜜的回忆。

我生平有过许多快活的日子，在节日宴会的晚上，我曾跟着说笑话的人大笑。

在灰暗的雨天的早晨，我吟诵过许多飘逸的诗篇。

我颈上戴过爱人手织的醉花的花环，作为晚装。

但我想起孩提时第一次捧在手里的白茉莉，心里充满着甜蜜的回忆。

榕　树

喂，站在池边的蓬头的榕树，你可曾忘记了那小小的孩子，就像那在你的枝上筑巢又离开了你的鸟儿似的孩子？

你不记得他是怎样坐在窗内，诧异地望着你深入地下的纠缠的树根吗？

妇人们常到池边，汲了满罐的水去，你的大黑影便在水面上摇动，好像睡着的人挣扎着要醒来似的。

日光在微波上跳舞，好像不停不息的小梭在织着金色的花毡。

两只鸭子挨着芦苇，在芦苇影子上游来游去，孩子静静地坐在那里想着。

他想做风，吹过你的萧萧的枝杈；想做你的影子，在水面上，随了日光生长；想做一只鸟儿，栖息在你的最高枝上；还想做那两只鸭，在芦苇与阴影中间游来游去。

祝 福

祝福这个小心灵，这个洁白的灵魂，他为我们的大地，赢得了天的吻。

他爱日光，他爱见他妈妈的脸。

他没有学会厌恶尘土而渴求黄金。

紧抱他在你的心里，并且祝福他。

他已来到这个歧路百出的大地上了。

我不知道他怎么从人群中选出你来，来到你的门前抓住你的手问路。

他笑着，谈着，跟着你走，心里没有一点疑惑。

不要辜负他的信任，引导他到正路，并且祝福他。

把你的手按在他的头上，祈求着，底下的波涛虽然险恶，然而从上面来的风，会鼓起他的船帆，送他到和平的港口的。

不要在忙碌中把他忘了，让他来到你的心里，并且祝福他。

孩子天使

他们喧哗、争斗，他们怀疑、失望，他们辩论而没有结果。

我的孩子，让你的生命到他们当中去，如一线镇定而纯洁之光，使他们愉悦而沉默。

他们的贪心和妒忌是残忍的，他们的话，好像暗藏的刀，渴欲饮血。

我的孩子，去，去站在他们愤懑的心中，把你的和善的眼光落在他们上面,好像那傍晚的宽宏大量的和平，覆盖着日间的喧嚣一样。

我的孩子，让他们望着你的脸，因此能够知道一切事物的意义；让他们爱你，因此他们能够相爱。

来，坐在无垠的胸膛上，我的孩子。朝阳出来时，开放你的心，像一朵盛开的花；夕阳落下时，低下你的头，默默地做完这一天的礼拜。

赠 品

我要送些东西给你，我的孩子，因为我们同是漂泊在世界的溪流中的。

我们的生命将被分开，我们的爱也将被忘记。

但我却没有那样傻,希望能用我的赠品来买你的心。

你的生命正是青青，你的道路也长着呢，你一口气饮尽了我们带给你的爱，便回身离开我们跑了。

你有你的游戏，有你的游伴。如果你没有时间同我们在一起，如果你想不到我们，那有什么害处呢?

我们呢，自然地，在老年时，会有许多闲暇的时间，去计算那过去的日子，把我们手里永久丢失了的东西，在心里爱抚着。

河流唱着歌很快地流去，冲破所有的堤防。但是山峰却留在那里，忆念着，满怀依依之情。

我的歌

我的孩子，我这一支歌将扬起它的乐声围绕你，好像那爱情中热恋的手臂。

我这一支歌将触着你的前额，好像那祝福的吻。

当你只是一个人的时候，它将坐在你的身旁，在你耳边微语着；当你在人群中的时候，它将围住你，使你超然物外。

我的歌将成为你的梦的翼翅，它将把你的心移送到不可知的岸边。

当黑夜覆盖在你路上的时候，它又将成为那照在你头上的忠实的星光。

我的歌又将坐在你眼睛的瞳仁里，将你的视线带入万物的心里。

当我的声音因死亡而沉寂时，我的歌仍将在你活泼的心中唱着。

最后的买卖

早晨，我在石铺的路上走时，我叫道："谁来雇用我呀。"

皇帝坐着马车，手里拿着剑走来。

他拉着我的手，说道："我要用权力来雇用你。"

但是他的权力算不了什么，他坐着马车走了。

正午炎热的时候，家家户户的门都闭着。

我沿着曲折的小巷走去。

一个老人带着一袋金钱走出来。

他斟酌了一下，说道："我要用金钱来雇用你。"

他一个一个地数着他的钱，我却转身离去了。

黄昏了，花园的篱上满开着花。

美人走出来，说道："我要用微笑来雇用你。"

她的微笑黯淡了，化成泪容了，她孤寂地回身走进黑暗里去。

太阳照耀在沙地上，海波任性地浪花四溅。

一个小孩坐在那里玩贝壳。

他抬起头来，好像认识我似的，说道："我雇你不用什么东西。"

从此以后，在和这个小孩的游戏中做成的买卖，使我成了一个自由的人。

（郑振铎／译）

飞鸟集（节选）

〔印度〕泰戈尔

1

夏天的飞鸟，飞到我窗前唱歌，又飞去了。

秋天的黄叶，它们没有什么可唱，只叹息一声，飞落在那里。

2

世界上的一队小小的漂泊者呀，请留下你们的足印在我的文字里。

5

广袤无垠的沙漠热烈地追求着一叶绿草，但她摇摇头，笑着飞开了。

6

如果你因失去太阳而流泪，那么你也将失去群星。

7

跳着舞的流水呀，在你途中的泥沙，要求你的歌声、你的流动呢！你肯挟跛足的泥沙而俱下吗？

8

她热切的脸，如夜雨似的，搅扰着我的梦魂。

9

有一次，我们梦见大家都是不相识的。

我们醒了，却知道我们原是相亲相爱的。

10

忧思在我的心里平静下去，正如暮色降临在寂静的山林中。

11

有些看不见的手指，如懒懒的微飔似的，正在我的心上，奏着潺湲的乐声。

12

“海水呀，你说的是什么？”

“是永恒的疑问。”

“天空呀，你回答的话是什么？”

“是永恒的沉默。”

13

静静地听，我的心呀，听那世界的低语，这是它对你的爱的表示呀。

14

创造的神秘，有如夜间的黑暗，是伟大的。而知识的幻影却不过如晨间之雾。

17

这些微飔，是绿叶的簌簌之声，它们在我的心里欢悦地微语着。

18

你看不见你自己，你所看见的只是你的影子。

20

我不能选择那最好的。

是那最好的选择我。

21

那些把灯背在背上的人，把他们的影子投到了自己前面。

22

我存在，乃是所谓生命的一个永久的奇迹。

23

“我们萧萧的树叶都有声响回答那风和雨。你是谁呢，那样地沉默着？”

“我不过是一朵花。”

24

休息与工作的关系，正如眼睑与眼睛的关系。

25

人是一个初生的孩子，他的力量，就是生长的力量。

27

光明如一个裸体的孩子，快快活活地在绿叶当中游戏，它不知道人是会欺诈的。

28

啊，美呀，在爱中找你自己吧，不要到镜子的谄谀中去找寻。

30

“月儿呀，你在等候什么呢？”

“向我将让位给他的太阳致敬。”

31

绿树长到了我的窗前，仿佛是喑哑的大地发出的渴望的声音。

35

鸟儿愿为一朵云。云儿愿为一只鸟。

36

瀑布歌唱道："我得到自由时便有了歌声了。"

39

当太阳横过西方的海面时，对着东方留下他的最后的敬礼。

40

不要因为你自己没有胃口而去责备你的食物。

41

树丛像表示大地的愿望似的,踮起脚来向天空窥望。

42

你微微地笑着，不同我说什么话。而我觉得，为了这个，我已等待很久了。

43

水里的游鱼是沉默的，陆地上的兽类是喧闹的，空中的飞鸟是歌唱着的。

但是，人类却兼有海里的沉默，地上的喧闹与空中的音乐。

44

世界在踌躇之心的琴弦上跑过去，奏出忧郁的乐声。

47

阴影戴上她的面纱，秘密地、温顺地，用她的沉默的爱的脚步，跟在光后边。

48

群星不怕显得像萤火那样。

53

玻璃灯因为瓦灯叫它做表兄而责备瓦灯。但当明月出来时，玻璃灯却温和地微笑着，叫明月为“我亲爱的，亲爱的姊姊”。

54

我们如海鸥与波涛相遇似的，遇见了，走近了。海鸥飞去，波涛滚滚地流开，我们也分别了。

55

我的白昼已经完了，我像一只泊在海滩上的小船，静静地听着晚潮跳舞的乐声。

56

我们的生命是天赋的，我们唯有献出生命，才能够得到生命。

57

当我们大为谦卑的时候，便是我们最接近伟大的时候。

58

麻雀看见孔雀负担着它的翎尾，替它担忧。

59

决不要害怕刹那——永恒之声这样唱着。

64

谢谢火焰给你光明，但是不要忘了那执灯的人，他正坚忍地站在黑暗当中呢。

65

小草呀，你的脚步虽小，但是你拥有你脚下的土地。

66

幼花的蓓蕾开放了，它叫道：“亲爱的世界呀，请不要萎谢了。”

68

错误经不起失败，但是真理却不怕失败。

69

瀑布歌唱道："虽然渴者只要少许的水便够了，我却很快活地给予了我全部的水。"

70

把那些花朵抛掷上去的那一阵子无休无止的狂欢大喜的劲儿，其源泉是在哪里呢？

75

我们把世界看错了，反说它欺骗我们。

78

绿草求她地上的伴侣。

树木求他天空的寂寞。

82

使生如夏花之绚烂，死如秋叶之静美。

86

“你离我有多远呢，果实呀？”

“我藏在你心里呢，花呀！”

87

这个渴望是为了那个在黑夜里感觉得到，在大白天里却看不见的人。

（郑振铎／译）

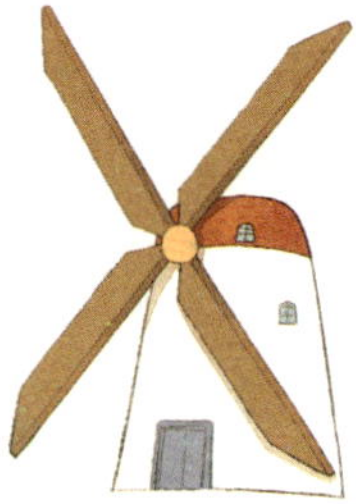

小溪，你说什么

〔黎巴嫩〕纪伯伦

清晨我漫步在山坡谷地，
晨光宣泄着永恒的秘密，
山涧里流淌出一条小溪，
她在歌，在唤，在吐露心曲。

生活并非安逸，
它是思念和希冀。
死亡并非哀歌，
它是失望和憔悴。
智者不在言词，
其秘密在言词背后藏匿。
伟人不在高位，
不屑权位者才配享荣誉。

高尚并不与先辈同义，
多少贤者成了先辈刀下鬼！
锁链并不象征卑贱，
它可能比项链更珍贵。
华服并不代表安适，
天堂建在美好的心灵里。
炼狱并不限于酷刑，
内心空虚是地道的炼狱。
田产不会永远闪耀金光，
多少富豪如今在颠沛流离！
贫穷不意味着低微，
世上财宝来自粗食布衣。
美丽并不在于容貌，
俊雅是心灵闪射出的光辉。
完满的成就并不专属尊贵，
某些罪恶也许能带来恩惠。

这就是小溪道出的话语，
她让左右岩石听个仔细。

小溪吐露的一番衷曲，

或许归于大海的秘密。

（李唯中／译）

纪·哈·纪伯伦（1883~1931），黎巴嫩著名诗人、散文家兼画家。20世纪阿拉伯海外文学的代表人物。“爱”和“美”是他的重要主题，主要作品有用阿拉伯语发表的《泪与笑》《行列圣歌》《暴风雨》等，用英语发表的《疯人》《沙与沫》《先驱者》《人子耶稣》《先知》等，其中《先知》当推顶峰之作。他的作品在阿拉伯本土和海外都有巨大影响，他的创作风格被誉为“纪伯伦风格”。

伟大的渴望

〔黎巴嫩〕纪伯伦

我坐在我的兄弟高山与我的姐妹大海之间。

我们三个同样寂寞。把我们联结在一起的爱是深沉、强烈而奇异的。它甚至比我的姐妹的深度更深，比我的兄弟的力量更强，比我自己的疯狂更加奇异。

自从第一道灰白色的曙光使我们能看见对方以来，亿万年的时光已经过去。尽管我们目睹了多少个世界的诞生、成熟和死亡，我们依然青春，依然充满了渴望。

我们虽然依然青春，依然充满了渴望，然而孑然一身，没有伴侣。尽管我们始终半依半抱，永不分离，我们并不舒适。欲望受到抑制，热情无处发泄，哪里谈得到舒适呢？哪儿将飞来火焰之神，温暖我姐妹的床？哪个雨神将浇灭我兄弟的烈火？而哪个女人将俘虏我的心？

深夜，万籁俱寂。我的姐妹在梦中轻声呼唤着无名的火神，我的兄弟高声呼唤着远方冷漠的女神，但是我在梦中呼唤谁的芳名，我并不知。

我坐在我的兄弟高山和我的姐妹大海之间，我们三个同样寂寞。把我们联结在一起的爱是深沉、强烈而奇异的。

（吴枕亚　董大备／译）

美之歌

〔黎巴嫩〕纪伯伦

我为爱情指出了方向，我是灵魂的佳酿，是心田的食粮。

我像一朵早晨开放的玫瑰花，摘下我的是一位姑娘，她吻了吻我，然后把我紧贴在她的胸口上。

我是幸福的宫殿，我是欢乐的源泉，我是宁静的开端。

我是那温柔的一笑，浮现在姑娘的唇边。年轻人看见，就会忘掉自己沉重的负担，他的生活就会变成甜蜜的梦一般的草原。

我为诗人唤起灵感，我是艺术家的旅途良伴，我是音乐家忠实的教员。

我是婴儿的一双慧眼。温存的母亲看见了，就会跪下祈祷，歌唱赞美安拉的诗篇。

我在亚当面前变成了夏娃，并且征服了他。我以女友的身份去见所罗门，把他变成了智者和诗人。

我向海伦嫣然一笑，特洛伊城就宣告失陷；我为克利奥佩特拉女皇[1]戴上王冠，欢乐就笼罩了尼罗河畔。

我像命运之神，今天创造，明日就毁掉。我是安拉，让万物生长，也让万物遭到灭亡。

我比紫罗兰的呼吸还要温柔，我比暴风雨还要凶猛。

世人啊，我是真理，我是真理！也是你们所能理解的最美好的事物！

（苏 玲／译）

[1] 克利奥佩特拉是埃及托勒密王朝末代女王，以美色著称。——编者注

论友谊

〔黎巴嫩〕纪伯伦

一个青年说："请给我们谈友谊。"

他回答说：

"你的朋友是你的有回应的需求。

"他是你用爱播种，用感谢收获的田地。

"他是你的饮食，也是你的炉火。

"因为你饥渴地奔向他，你向他寻求平安。

"当你的朋友向你倾吐胸臆的时候，你不要怕说出心中的'否'，也不要瞒住你心中的'可'。

"当他静默的时候，你的心仍要倾听他的心。

"因为在友谊里，不用言语，一切的思想，一切的愿望，一切的希冀，都在无声的欢乐中发生而共享了。

"当你与朋友别离的时候，不要忧伤。

"因为你觉得他最可爱之处，当他不在时愈见清晰，正如登山者从平原上望山峰，也加倍地分明。

“愿除了寻求心灵的加深之外，友谊没有别的目的。

“因为那只寻求着要泄露自身的神秘的爱，不算是爱，只是一张撒下的网，只网住一些无益的东西。

“让你的最美好的事物，都给你的朋友。

“假如他必须知道你潮水的退落，也让他知道你潮水的高涨。

“你找他只为消磨光阴的人，还能算是你的朋友吗？

“你要在生长的时间中去找他。

“因为他的时间是满足你的需要，不是填满你的空虚。

“在友谊的温柔中，要有欢笑和共同的快乐。

“因为在那微末事物的甘露中，你的心能找到他的清晓而焕发了精神。”

（冰 心／译）

浪之歌

〔黎巴嫩〕纪伯伦

我和海岸原是一对情侣，激情使我们亲密，大气又使我们分离。当天空露出蔚蓝色的晨曦，我就来到这里，把自己银白色的浪花和他那金黄色的砂粒搅在一起，我用自己的水分驱散他心头的暑气。

黎明时分，我在恋人耳畔悄悄地许下了誓愿，于是我们紧紧地拥抱；傍晚，我唱着祝祷爱情的诗篇，于是他吻我的嘴唇。

我很任性，心情总是不能平静，可是我的恋人永远容忍，而且又是那样坚定。

涨潮的时候，我拥抱着他；潮退了，我就扑倒在他的脚下。

每当海洋的女儿从龙宫来到海面，坐在山崖上欣赏那点点繁星的时候，我就围绕着她们跳舞。我听过多少恋人爱情的倾诉，我陪他们一起思念美人，伴随他们同声叹息。我对山崖讲了多少话语，可他们原都是哑巴。我向他们微笑、献媚，他们却置之不理。我从深渊里救出无数生命，使他们得以复生。我从海底盗出无数珍宝，将它们献给了美神。

寂静的夜晚，当睡神拥抱了大地万物，唯独我难以入眠——我有时唱歌，有时叹息。多么伤心！失眠折磨着我，可是我在恋爱啊！而爱情的脾气是不喜欢睡眠的。

这就是我的生活，只要我一息尚存，我就是这样消磨岁月。

（苏 玲／译）

一棵草的话

〔黎巴嫩〕纪伯伦

一棵草对一片秋叶说："你掉下来的声音那么大，把我的冬梦全都给打破了。"

秋叶气愤地说："出身低贱，老是趴在地上的家伙！不懂音乐的怪物！你没有在高空中呆过，怎能分辨什么是歌声？"

然后秋叶躺在地上睡觉了。春天来临，她又苏醒过来，而她自己也变成了一棵草。

到了冬天，她开始冬眠。落叶在她头上满天飞舞。她自言自语道："哎，这些秋叶，这么闹哄哄的，把我的冬梦全都给打破了。"

（苏 玲／译）

论逆境

〔英国〕培 根

“幸运固然令人羡慕，但战胜逆境则令人钦佩。”这是塞涅卡模仿斯多葛派哲学讲的一句名言。确实如此。超越自然的奇迹，总是在对逆境的征服中出现的。

塞涅卡还说过一句更深刻的格言：“伟人既是脆弱的凡人，又是无畏的神人。”这是一句诗一样美的妙语。古代诗人在他们的神话中曾描写过：当赫克里斯去解救盗火种给人类的英雄普罗米修斯的时候，他是坐在一个瓦罐里漂洋过海的。这个故事其实正是人生的象征，因为每一个基督徒也是架着血肉之躯的轻舟，横渡波涛翻滚的人生之海的。

幸运所需要的美德是节制，而逆境所需要的美德是坚忍，后者比前者更为难能可贵。《圣经》的《旧约》启示人以顺境的幸福，而《新约》则启示人通过逆境去争取幸福。在圣诗中，哀歌是与颂歌相伴的，而圣灵对约伯所受苦难的刻画比对所罗门财富的刻画要更动人。

一切幸福都并非没有烦恼，而一切逆境也决非没有希望。最美的刺绣，是以明丽的花朵映衬于暗淡的背景上，而绝不是以暗淡的花朵映衬于明丽的背景上。从这图像中去汲取启示吧。人的美德犹如名贵的香料，在烈火焚烧中会散发出最浓郁的芳香。正如恶劣的品质会在幸福中暴露一样,最美好的品质正是在逆境中被彰显的。

（张 彤／译）

弗兰西斯·培根（1561~1626），英国文艺复兴时期重要的散文家和唯物主义哲学家，现代实验科学的奠基人。培根在文学方面的主要贡献是《论说随笔文集》，这部作品谈论了哲学、宗教、政治、国家以及处世、待人、修身、养性等问题。他善于运用凝练有力的语言和富有诗意的比喻来表达丰富的思想。他的作品文字朴素、组织缜密、思想深邃，对后代的散文创作产生过重大影响。

论读书

〔英国〕培 根

读书可以作为消遣,可以作为装饰,也可以增长才干。

孤独寂寞时，阅读可以消遣。高谈阔论时，知识可供装饰。处世行事时，正确运用知识才干，并懂得事物因果的人是幸运的。有实际经验的人虽能够处理个别性的事务，但若要综观整体、运筹全局，却唯有有学识的人方能办到。

读书太慢会弛惰，为装潢而读书是欺人，只按照书本办事是呆子。

求知可以改进人性，而经验又可以改进知识本身。人的天性犹如野生的花草，求知学习好比修剪移栽。学问虽能指引方向，但往往流于浅泛，必须依靠经验才能扎下根基。

狡诈者轻鄙学问，愚鲁者羡慕学问，聪明者则运用学问。知识本身并没有告诉人怎样运用它，运用的智慧在于书本之外。这是技艺，不体验就学不到。

读书的目的是为了认识事物原理。为挑剔辩驳去读书是无聊的，但也不可过于迷信书本。求知的目的不是为了吹嘘炫耀，而应该是为了寻找真理，启迪智慧。

书籍好比食品，有些只用浅尝，有些可以吞咽，只有少数需要仔细咀嚼，慢慢品味。所以，有的书只要读其中一部分，有的书只需知其中梗概，而对于少数好书，则要通读、细读、反复读。

有的书可以请人代读，然后看他的笔记摘要就行了。但这只应限于不太重要的议论和质量粗劣的书。否则一本书将像已被蒸馏过的水，变得淡而无味了。

读书使人充实，讨论使人机敏，写作则能使人精确。

因此，如果有人不读书又想假装博学多知，他就必须很狡黠，才能掩饰无知。如果一个人懒于动笔，他的记忆力就必须强而可靠。如果一个人要孤独探索，他的头脑必须格外敏锐。

读史使人明智，读诗使人聪慧，演算使人精密，哲理使人深刻，道德使人高尚，逻辑修辞使人善辩。总之，知识能塑造人的性格。

不仅如此，精神上的各种缺陷，都可以通过求知来改善——正如身体上的缺陷，可以通过运动来改善一样。例如打球有利于腰背健康，射箭可扩胸利肺，散步则有助于消化，骑术使人反应敏捷……同样，一个思维不集中的人，他可以研习数学，因为数学稍不仔细就会出错。缺乏分析判断力的人，他可以研习形而上学，因为这门学问最讲究烦琐辨证。不善于推理的人，可以研习法律案例……这种种心灵上的缺陷，都可以通过求知来治疗。

（何 新／译）

论时机

〔英国〕培 根

幸运的时机好比市场上的交易，只要错过机会，价格就会变化。有时它又像那位出卖预言书的西比拉[1]，如果你能买时不及时买，那么当你得知此书重要而想买时，书已经不全了。所以古谚说得好，机会老人先给你送上它的头发，当你抓不住而再抓时，就只能摸到它的秃头了。或者说它先给你一个可以抓的瓶颈，你不及时抓住，再得到的就是抓不住的瓶身了。

善于在做一件事的开端识别时机，这是一种极难得的智慧。例如在一些危险关头，总是看来吓人的危险比真正压倒人的危险要多许多。只要能挺过最难熬的时

[1] 西比拉，西方传说中之女巫，善预言，曾作书九卷献给罗马王，索重金。罗马王拒绝。西比拉烧掉三卷，仍索原价。罗马王感到奇怪，读其书发现所预言之事极为重要，因而买其书，但已不全。——编者注

机，再来的危险就不那么可怕了。因此，当危险逼近时，善于抓住时机迎头痛击它要比犹豫躲闪更有利。因为犹豫的结果恰恰是错过了克服它的机会。但也要注意警惕那种幻觉，不要以为敌人真像它在日光下的阴影那样高大，因而在时机不到时过早出击，结果反而失掉了获胜的机会。

总而言之，善于识别与把握时机是极为重要的。在一切大事业上，人在开始做事前要像千眼神那样察视时机，而在进行时要像千手神那样抓住时机。特别对于政治家来说，秘密的策划与果断的实行更是保护他的隐身盔甲。因为果断与迅速乃是最好的保密方法——要像疾掠空中的子弹一样，当秘密传开的时候，事情已经做成了。

（何 新／译）

论猜疑

〔英国〕培 根

猜疑之心犹如蝙蝠，它总是在黄昏中起飞。它是迷陷人的，又是乱人心智的。它能使人陷入迷惘，混淆敌友，从而破坏人的事业。

猜疑易使君王变得暴戾，使做丈夫的产生嫉妒之心，使智者陷入重重困惑。

猜疑并非来自心灵，而是出自头脑。一个很果断的人有时也会堕入猜疑，例如亨利七世。人间少有他那样果敢的人，但也少有他那样多疑的人。但正由于他兼备这两种气质，所以猜疑对他为害尚不大。因为当他产生疑忌时，并不总是贸然信从这种疑忌。而对一个胆怯的庸人，这种猜疑则可能立刻阻滞他的行动。猜疑的根源在于对事物的认识不足，所以多了解情况是解除猜疑心的有效办法。

其实人们又希求什么呢?

难道他们以为与他们打交道的人都应当是圣人吗?难道他们以为人应该杜绝一切为自己谋算的私心吗?

当你产生了猜疑时，你最好还是有所警惕，但又不要表露于外。

这样，当这种猜疑有道理时，你已经预作了准备而不受其害。当这种猜疑无道理时，你又可避免因此而误会了好人。

人尤其要警惕由别人流传来的猜疑，因为这很可能是一根有毒的挑拨之刺。如果可能的话，最好能跟你所怀疑的对象开诚布公地谈一谈，以便由此解除或者证实你的猜疑。但是对于那卑劣的小人，这种方法是不行的。因为他们一旦发现自己正在被怀疑，就可能制造出更多的骗局来。

意大利人有一种说法：“受疑者不必忠实。”其实这是不对的，因为在受到猜疑时，人就更有必要尽于职守，以此证明自己的确是清白和忠实的。

（何 新／译）

扫帚

〔英国〕斯威夫特

这把孤零零的扫帚，你别瞧它现在很不光彩地被搁置在偏僻角落，我敢说它过去在树林中也曾一度好运昌隆，汁液饱满、叶繁枝茂。但现在整束干枝被捆在一根枯木之上，穷极机巧也势难妄与自然争衡。

目前的情形至多也仅是它过去的一个翻转，一株本末倒置——枝条朝地、根部朝天的树木，一把在每个罚做苦役的女佣人的手下听使唤的东西。而且仿佛命运有意捉弄，专门清理污秽，但自身却难免肮脏，临了在女佣人的手下磨个光秃，不是扔出门外了事，便是最后再行利用一下，点火时候，充把干柴。

看到这事，我不能不有所慨然，因自忖道："夫人固亦犹此扫帚也！"试想，当初大自然将人带入这个世界之时，原也是何等强健活泼，欣欣可爱，浓发覆额，有如草木之茂密纷枝。但是曾几何时，色斧欲斤早已将其绿叶青枝斩伐殆尽，徒剩此枯干一具，遂不得不急靠装扮度日，凭假发掩盖，并因自己一头遍敷香粉但非天然长出的人工头发而自鸣得意。

设若此时这柄扫帚突然出现在我们面前，并以它身上并不佩戴的桦叶战利品相夸耀，而且还尘垢满面，尽管是出自美人的香闺绣阁，我们必得对其虚荣大加讪笑。真的，我们对自身的优点与他人的缺点判断起来竟往往是如此失当！

也许你要说，扫帚乃是树木出了毛病，出了颠倒情形的象征。于是请问，人不也是个颠之倒之的动物吗？其兽性官能总是高踞于其理性官能之上，其头颅与脚踵往往形同易位，徒自卑屈苟活于天地之间！尽管一身是病，却偏好以匡弊正俗者自居，以平冤矫枉者自居，其扒罗之广，甚至连娼妇之隐私也不放过。摘奸发微，张之于世，身所过处，平地生波，且惯于其所正谓消除之污秽中，自身沾染更重，陷溺更深。他的晚年则甘充奴仆于妇人，及至后来，童山濯濯，必与其扫帚兄沦为同一命运，不是被人踢出室外，便是充作点火干柴，以供他人取暖。

（高 健／译）

乔纳森·斯威夫特（1667~1745），英国杰出的讽刺作家、诗人和政论家。家境贫苦，经历坎坷，后定居爱尔兰。他的早期讽刺作品有《书的战争》和《一只桶的故事》。定居爱尔兰期间，他又写了《一个温和的建议》，愤怒谴责英国殖民者对爱尔兰人民的奴役和剥削。这期间，他还完成了唯一的一部小说《格列佛游记》。这是一部驰誉世界的讽刺名作。斯威夫特的作品表现出深刻的现实主义的概括力量和高度的艺术技巧，文笔简洁，用语生动，工于性格刻画，长于讽刺嘲弄，对英国文学产生巨大影响。

想象

〔英国〕莱·亨特

想象使万物富足。

月亮不仅是我们所看到的月亮，荷马和莎士比亚笔下的月亮已成了它的一部分。

太阳眨着闪亮的眼睛，从东方的楼阁中走出来，像新郎一样兴高采烈。最普通的东西变得像亚伦的神杖，生根发芽。

蒲柏召唤玄术的精灵侍候一束头发，而且堂皇地被誉之为星座，因为他已将头发悬在空中，永远闪耀在后人的眼里。

一块普通的草地对挖沟的人或花花公子来说都分文不值，然而，由于想象的作用，由于对自然的热爱，青草给我们带来愉悦，空气给我们送来慰藉，我们觉得如同回到了天真烂漫的孩提时代。葱翠的草地、悠然的绵羊、榆木篱丛……

这些，以及所有视觉、听觉和联想能赐予草地的一切，都成了装点欢乐思想的源泉。连砖头和灰浆也会像在古代那样，闻俄底浦斯的竖琴之声而变得富有生命。

这些，一座都市一改房屋建筑或工商企业庞杂呆板的故态，呈现出壮丽辉煌的景象：其历史悠久，文化繁荣；楼塔巍巍，溪流清澈；工艺宝饰精美，异域财源茂盛；人群熙来攘往，无论睿智之士还是无知之人，都意气风发、精神振奋。白天，烟雾笼罩，凝重而庄严；夜晚，灯火齐明，华光灿烂，车辚辚，马萧萧。此时，柔风阵阵，向沉寂的郊野飘去。

这便是想象的功绩。

（陈时荣／译）

莱·亨特（1784~1859），英国评论家、诗人、散文家。代表作有《自传》《年月》《男人、女人和书》等。其文笔隽永，受到人们的广泛称道。亨特所编的杂志《闲谈者》等，也有相当大的影响力。

长城

［英国］毛 姆

在薄雾中，中国的长城庞大、雄伟、寂静，令人敬畏地矗立着。它孤单地，随着自己的性子，爬上山坡又滑下深谷。威胁地，间隔适当距离，守卫四方的瞭望塔顽强不屈地站立在它们的行程之上。

无情！它是花费百万生命的代价修筑起来的，每一块灰色的大石头都沾满了囚犯和被放逐者的血泪，在它的黑暗道路上通过崎岖山脉的海洋而稳步前进。

大胆！它走在无止境的旅程，里格接着里格，一直到亚洲最远的区域，完全与外界隔绝，就像它所守卫的伟大帝国一样不可思议。

在薄雾中，中国的长城庞大、雄伟、寂静，令人敬畏地矗立着。

（陈寿庚／译）

威廉·萨默塞特·毛姆（1874~1965），英国小说家、剧作家、散文家。成名之作是《人性的枷锁》。1920年，毛姆来到中国，写了游记《在中国屏风上》和以中国为背景的长篇小说《彩巾》。其他代表作还有《月亮和六便士》等。他的作品常常弥漫着异国情调，情节变化多端，文字简洁利落，能给人极好的享受，因而拥有许多读者。

自由与克制

〔英国〕罗斯金

明智的法规和适当的克制，对于高尚的民族而言，虽说在某种程度上不免有点累赘，但它们毕竟不是束人手足的锁链而是护身的铠甲，是力量的体现。请记住，正是这种克制的必要性，如同劳动的必要性一样，值得人类崇敬。

每天，你都可以听到无数蠢人高谈自由，就好像它是个无上光荣的东西，其实远非如此。从总体上来讲，从广义上来讲，自由并不是什么值得炫耀的东西，它不过是低级动物的一种属性而已。

任何人，伟人也罢，强者也罢，都不能像游鱼那般自由自在。人可以有所为，又必须有所不为，而鱼则可以为所欲为。集天下之王国于一体，其总面积也抵不上半个海大；纵使将世上所有的交通线路和运载工具都用上（现有的再添上将要发明出来的），也没有水中鱼凭鳍游来得方便。

你只要平心静气地想一想，就会发现，人类引以为荣的，正是这种克制，而不是自由。进而言之，即便低级动物也是如此。蝴蝶比蜜蜂自由得多，可人们却更赞赏蜜蜂，不就因为它善于遵从自己社会的某种规则吗？普天之下的自由与克制这两种抽象的东西，后者通常显得更光荣。

确实，关于这类事物以及其他类似之物，你绝不可能单单从抽象中得出最后的结论。因为，对于自由与克制，倘若你高尚地加以选择，则二者都是好的；反之，二者都是坏的。然而，我要重申一下，在这两者之中，可显示高级动物的特性而又能改造低级动物的，还是克制。而且，上自天使的职责，下至昆虫的劳作，从星体的均衡到灰尘的引力，一切生物、事物的权力和荣耀，

都归于服从而不是自由。太阳是不自由的，枯叶却自由得很；人体的各部没有自由，整体却和谐，相反，如果各部有了自由，则势必导致整体的溃散。

（朱 舫/译）

约翰·罗斯金（1819~1900），英国19世纪著名的政论家、艺术批评家，出生于伦敦的一个富裕的酒商家庭。罗斯金发表了很多艺术批评和政治经济社会研究的著作，其中《芝麻与百合》是当时流传最广的一部作品。罗斯金的作品音律优美，文笔秀丽，富有浪漫主义色彩。

大旱的消失

〔英国〕威廉·赫·怀特

三个月来几乎没有落一滴雨。大概总是西北风，从那边来，向东边吹去。偶有微风来自西南，云气也浮起来了，但始终没有雨，并且没有真的西南风，不数小时，报风计依旧在原方向了。云是未尝不时时聚集，并且有着各种表号，以示变化在即。

在这等时候，风雨表日复一日地渐渐下降，终于降到将起暴风雨的一点，然而没有大风雨，风雨表又升上去了。我们知道希望已经渺茫，风雨表回到原有的高度，须经一礼拜，方有下降的机会。最后，失望到这般强，将这仪器拿开了。还是不去看它的好，希望无意中会降下来。

青草已经变成黄色，生在许多地方的都死到根株。因为没有草，成队的蝎便开始吃果树。溪水也干涸，饮牛的水须向几里外的池或泉里去汲来。道路开裂，空气中则浮着沙尘，藩篱上美丽的绿色上也填罩了尘土。食蠕虫的鸟如白嘴鸦已经受饿,并且被迫得远远地去找寻奇特的食物了。看见它们在地上试啄那坚如岩石的泥土是很可怜的。永续的光辉比冬天的阴沉还要坏,在田野的人家普遍都焦渴地感觉到这样的苦恼。我们遇到旱荒了！

为一切生命的泉源的大西洋看来是睡着了。倘使永不醒来则如何？我们不懂它的道理,它嘲笑我们的科学。盖在我们的近旁就存着这个不可思议的大神秘，我们却赖此而生存。为什么柔软的湿气之甜潮会不流到我们这里来的呢？也没有理由可说，为什么各种青草和生物不死灭。没有理由，除却一个信仰，这是瞎的。因为我们无所知，滋生生命的海的气流会放弃陆地，而它会变成沙漠的。

一天夜里，灰色的云带出现于西面的天空，而它们欺骗我们太多了，不再能够相信它们了。可是在这天里它们更浓厚，窗索也泛着潮。从岩壁来的空气是冷的，如果我们敢希望，我们会说含有海的气味在里面了。早晨的四点钟就有什么声音打拍在窗上——原来是水的流湍！不能再静静地睡着，我于是起身出门了。没有生物扰攘，也没有声息，除却雨的声音。但是忙乱不会有许多长久的时光的。数千百万的草和谷的叶在狂饮。16 小时的倾泻继续着，到天薄暮时我又出门去。看见道旁的流水处只有少许的水，并且没有一滴到田边，原来土地是这样的渴。谢上帝，旱是完了！

（克 士／译）

威廉·赫·怀特（1829~1913），英国作家。怀特出生在英格兰中部贝都福市，早年在英国海军供职，后从事小说创作。他对宗教以及社会事务有浓厚兴趣。主要作品有《马克·罗塞福自传》《马克·罗塞福的释放》《制革工人小巷里的革命》《米丽亚姆的教育》《约翰·班扬》等。怀特的散文作品流传很广，给广大读者留下美好的印象。

悠闲

〔英国〕弗农·李

我们通常不会在走进别人的房间时说:“噢！这才是让人们感到宁静的地方！”我们通常不期望去分享一座古宅的安宁，比如说，在僻静郊区的一座古宅，周围是结着鲜红果实的树，雪松半掩住窗；或者某座修道院，门廊前面依稀可见搭着支架的橘树。但在那整洁宽敞、精心装饰过的房里，或在那座修道院里，绝无宁静可以分享，最多只能勉强过日子。这是因为我们不明了别人生活中的苦闷和烦恼，对自己生活里的些微不便却很敏感。在这些问题上，我们自己的眼睛容不得一粒泥沙，而对邻人遭受的灾难却视而不见，麻木不仁。

悠闲得以我们切身的感受为证，因为它不只与时间有关，往往指某种特别的心境。我们所说的空闲时间，实际上是指我们感到闲适的时刻。什么是闲适，感受它远比说明它更难。这与无所事事或游手好闲无关，尽管我们明白，它的确牵涉到自由支配时间的概念。等候在律师的客厅里有空闲的时刻，却无闲适之感；同样，我们在火车站换车，即使等上两三个小时，也享受不了那份清福。这两种情形，我们都不会感到安宁自在——在这种场合能安心读报、学习或回味往日在海外的游历，那是十分罕见的。这时，我们心里总是烦躁不安，仿佛有什么东西在那儿作祟，就像我们在童年时不住地用脚去踢那慢吞吞的四轮车的软垫。

悠闲意味着不仅有充裕的时间，而且有充沛的愉快度时的精力——不懂得这个道理，会感到百无聊赖。同时，要真正领略到悠闲的滋味，必须从事优雅得体的活动，因为悠闲所要求的活动得是发自内心的自然冲动，而非出自勉强的需要。前者像舞蹈家起舞或滑冰者滑动，为了合着内在的节奏；后者像把犁人耕地或听差跑腿，为了得到报酬。正是这个缘故，一切悠闲皆是艺术。

但这是一个难办的问题。时光，啊，何其疾速！我们必须结束这段闲话，各自行动起来才不枉费光阴——唯愿别登上它单调的车轮！这样，我们愈是感到工作的乐趣，就愈少尝到无聊的滋味——如果碰巧我们的工作很有意义。唉，可惜我们今天的工作常常无益。让我们乞求那位白胡须的老人吧，请他赐予我们闲暇，并给予使用它的快活精力。圣者，请为我们祈祷！

（陈蜀之／译）

弗农·李（1856~1935），原名维奥莱特·佩吉特，英国小说家、文艺批评家、美学家。作品涉猎广泛，除随笔外，还有小说、游记和文艺批评。其主要代表作品有《美与丑》《论美》《贝尔卡罗》等。

玫瑰树根

〔智利〕米斯特拉尔

地下同地上一样，有生命，有一群懂得爱和憎的生物。

那里有黢黑的蠕虫，黑色绳索似的植物根，颤动的亚麻纤维似的地下水的细流。

据说还有别的：身材比晚香玉高不了多少的土地神，满脸胡子，弯腰曲背。

有一天，细流遇到玫瑰树根，说了下面的一番话："树根邻居，像你这么丑的，我从来没有见过呢。谁见了你都会说，准是一只猴子把它的长尾巴插在地里，扔下不管，径自

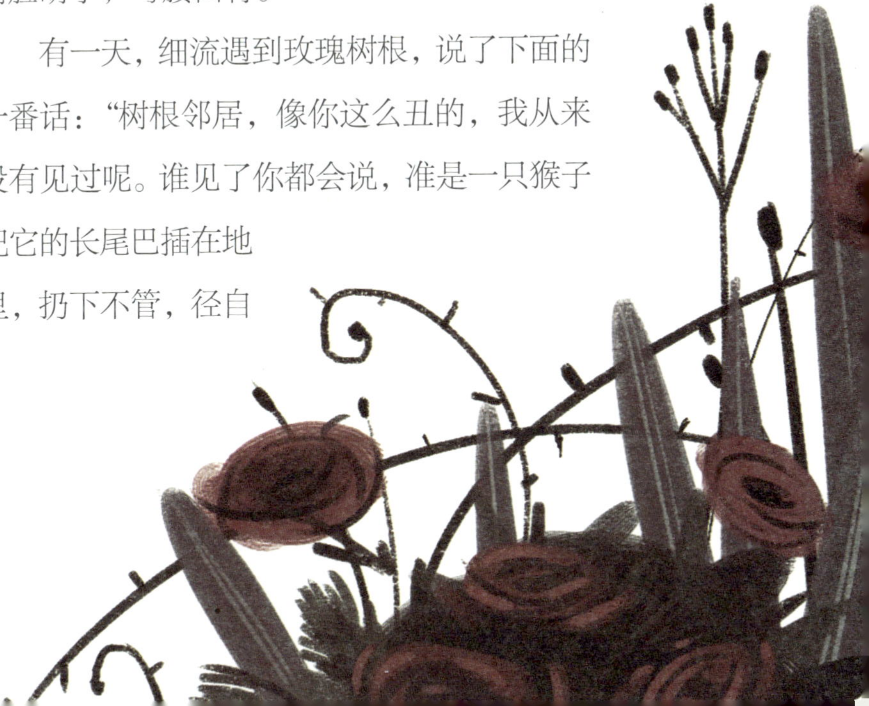

走了。看来你想模仿蚯蚓，但是没有学会它优美圆润的动作，只学会了喝我的蓝色汁液。我一碰上你，就被你喝掉一半。丑八怪，你说，你这是干什么？”

卑贱的树根说：“不错，细流兄弟，在你眼里我当然没有模样。长期和泥土接触，使我浑身灰褐；过度劳累，使我变了形，正如变形的工人胳臂一样。我也是工人，我替我身体见到阳光的延伸部分干活。我从你那里吸取了汁液，就是输送给她的，让她新鲜娇艳。你离开以后，我就到远处去寻觅维持生命的汁液。细流兄弟，总有一天，你会到太阳照耀的地方。那时候，你去看看我的日光下的部分是多么美丽。”

细流并不相信，但是出于谨慎，没有作声，暗忖道：“等着瞧吧。”

当细流颤动的身躯逐渐长大，到了亮光下时，他干的第一件事就是去寻找树根所说的延伸部分。

天哪，他看到了什么呀！

到处是一派明媚的春光，树根扎下去的地方，一株玫瑰把土地装点得分外美丽。

沉甸甸的花朵挂在枝条上，在空气中散发着甜香和一种幽秘的魅力。

成渠的流水沉思着流过鲜花盛开的草地，天哪，想不到丑陋的树根竟然延伸出美丽！

（陈晓龙／译）

加布里埃拉·米斯特拉尔（1889~1957），智利著名女诗人，在西班牙语文学界享有很高声誉。1945年获诺贝尔文学奖，是第一位获得此奖的拉丁美洲作家。米斯特拉尔出生于智利北部的一个小学教员家庭，她从小爱好文学，但没有进过学校，靠自学成才。她从1924年起，长期在智利外交界任职，晚年曾出任智利驻联合国特使。她14岁开始发表诗歌，主要诗集有《绝望》《有刺的树》《压榨机》等。米斯特拉尔的作品清新优美，有鲜明的民族特色，并富于乐曲的节奏感。

幸福

〔法国〕保尔·福尔

幸福是在草场中。快跑过去，快跑过去。幸福是在草场中，快跑过去，它就要溜了。

假如你要捉住它，快跑过去，快跑过去。假如你要捉住它，快跑过去，它就要溜了。

在杉菜和野茴香中，快跑过去，快跑过去。在杉菜和野茴香中，快跑过去，它就要溜了。

在羊角上，快跑过去，快跑过去。在羊角上，快跑过去，它就要溜了。

在小溪的波上，快跑过去，快跑过去。在小溪的波

上，快跑过去，它就要溜了。

从林檎树到樱桃树，快跑过去，快跑过去。从林檎树到樱桃树，快跑过去，它就要溜了。

跳过篱垣，快跑过去，快跑过去。跳过篱垣，快跑过去，它已溜了！

（戴望舒／译）

保尔·福尔（1872~1960），法国诗人，被称为“象征派诗王”。他的诗集共有32卷之多，著名的《法兰西短歌集》，便是包含了他全部作品的总集。他在1905至1914年这十年间任《诗与散文》主编，在此之前，曾是剧场老板、剧作家、象征主义演剧运动者。

热爱生命

〔法国〕蒙 田

我赋予某些词语特殊的含义。拿“度日”来说吧，天色不佳，令人不快的时候，我将“度日”看作是“消磨光阴”，而风和日丽的时候，我却不愿意去“度”，这时我是在慢慢赏玩、领略美好的时光。

坏日子，要飞快去“度”，好日子，要停下来细细品尝。“度日”、“消磨时光”的用语令人想起那些“哲人”的习气。他们以为生命的利用不外乎将它打发、消磨，并且尽量回避它，无视它的存在，仿佛这是一件苦事、一件贱物似的。至于我，我却认为生命不是这个样的，我觉得它值得称颂，富有乐趣，即便我自己到了垂暮之年也还是如此。我们的生命受到自然的厚赐，它是优越无比的，如果我们觉得不堪生之重压或是白白虚度此生，那也只能怪我们自己。

糊涂人的一生枯燥无味，躁动不安，却将全部希望寄托于来世。

不过，我却随时准备告别人生，毫不惋惜。这倒不是因生之艰辛所致，而是由于生之本质在于死。因此只有乐于生的人才能真正不感到死之苦恼。享受生活要讲究方法。我自认为比别人多享受到一倍的生活乐趣，因为生活乐趣的大小是随我们对生活的关心程度而定的。尤其在此刻，我眼看生命时日无多，我就愈想增加生命的分量。我想靠迅速抓紧时间，去留住稍纵即逝的日子；我想凭时间的有效利用，去弥补匆匆流逝的光阴。剩下的生命愈是短暂，我愈要使之过得丰盈饱满。

（梁宗岱　黄健华／译）

蒙田（1533~1592），文艺复兴时期法国思想家和散文作家。他的散文对后世影响很大。在教育方面，他反对机械背诵的经院教育，要求发展学生的思考力，把体育和智育联系起来。主要著作有《散文集》等。

要生活得写意

〔法国〕蒙 田

跳舞的时候我便跳舞，睡觉的时候我就睡觉。即使我一人在幽美的花园中散步，倘若我的思绪一时转到与散步无关的事物上去，我也会很快将思绪收回，令其想想花园，寻味独处的愉悦，思量一下我自己。天性促使我们为保证自身需要而进行活动，这种活动也就给我们带来愉快。慈母般的天性是顾及这一点的。它推动我们去满足理性与欲望的需要。打破它的规矩就违背情理了。

我知道恺撒与亚历山大就在活动最繁忙的时候，仍然充分享受自然的，也就是必需的、正当的生活乐趣。我想指出，这并不是要使精神松懈，因为要让激烈的活动、艰苦的思索服从于日常生活习惯，那是需要极大的勇气的。他们认为，享受生活乐趣是自己正常的活动，而战事才是非常的活动。

他们持这种看法是明智的。我们倒是些大傻瓜。我们说：“他一辈子一事无成。”或者说：“我今天什么事也没有做……”怎么！您不是生活过来了吗？这不仅是最基本的活动，而且也是我们的诸种活动中最有光彩的。“如果我能够处理重大的事情，我本可以表现出我的才能。”您懂得考虑自己的生活，懂得去安排它吧？那您就做了最重要的事情了。

天性的表露与发挥作用，无须异常的境遇。它在各个方面乃至在暗中也都表现出来，无异于在不设幕的舞台上一样。我们的责任是调整我们的生活习惯，而不是去编书；是使我们的举止井然有致，而不是去打仗，去扩张领地。我们最豪迈、最光荣的事业乃是生活得惬意，一切其他事情，执政、致富、创造产业，充其量不过是这一事业的点缀和从属品。

（梁宗岱　黄健华／译）

幸福没有悬挂招牌

〔法国〕卢 梭

幸福是游移不定的，上苍并没有让它永驻人间。

世界上的一切都瞬息万变，任何人都不可能寻索到一种永恒。环顾四周，万变皆生。我们自己也处于变化之中，今日所爱所慕的到明朝也许荡然无存。因此，要想在今生今世追索到至极的幸福，无异于空想。

明智之举是当我们惬意时便纵情享乐，不可因一念之差而失去满足的情趣。同时，也别想片刻之乐永系在身，这种念头只能是无望痴心。所谓幸福者殊有所见，也许这种人压根就不存在,而心满意足之人则随处可见。在所有给我以深刻印象的事物中，最令我中意的便是这种满足之情。此种情感缘于自我感觉的强烈驱使，是我所见所闻的必然结果。幸福并没有悬挂招牌，欲同它相识相随，唯一的途径便是走入幸福者的内心。心满意足的状态可以得之于人的眼神、举止、言谈、步履，让旁人受其感染，不由自主地随之投入。

当你在节日里看到人们尽情欢乐、喜笑颜开，神情容颜中流露出穿透生活阴霾的喜悦之情时，难道不会感到这是生活中最甜美的享受吗？

（杜其传／译）

让·雅克·卢梭（1712~1778），法国启蒙思想家、哲学家、教育学家、文学家。代表作有《论人类不平等的起源和基础》《民约论》《爱弥儿》《忏悔录》等。他的思想影响了法国资产阶级革命，他的文学作品对后世感伤主义和浪漫主义文学的影响极为深远。他的“回到自然”的口号影响了后世对儿童教育问题的处理。

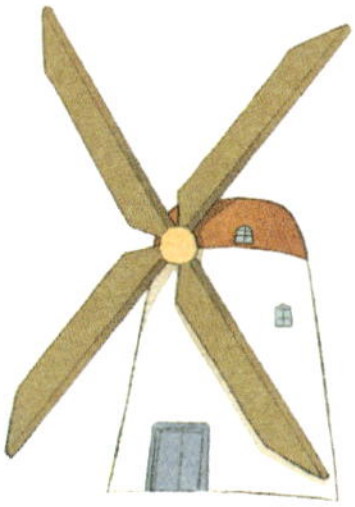

美洲之夜

〔法国〕夏多布里昂

一天傍晚，我在离尼亚加拉瀑布不远的森林中迷了路。转瞬间，太阳在我周围熄灭，我欣赏了新大陆荒原美丽的夜景。

日落后一小时，月亮在对面天空出现。夜空皇后从东方带来的馥郁的微风好像她清新的气息率先来到林中。孤独的星辰冉冉升起：她时而宁静地继续她蔚蓝的驰骋，

时而在好像皑皑白雪笼罩山巅的云彩上憩息。云彩揭开或戴上它们的面纱，蔓延开去成为洁白的烟雾，散落成一团团轻盈的泡沫，或者在天空形成絮状的耀眼的长滩，看上去是那么轻盈、那么柔软和富于弹性，仿佛可以触摸似的。

地上的情景也同样令人陶醉：天鹅绒般的淡蓝的月光照进树林，把一束束光芒投射到最深的黑暗之中。我脚下流淌的小河有时消失在树木间，有时重新出现，河水辉映着夜空的群星。对岸是一片草原，草原上沉睡着如洗的月光。几棵稀疏的白桦在微风中摇曳，在这纹丝不动的光海里形成几处飘浮的影子的岛屿。如果没有树叶的坠落、乍起的阵风、灰林鸮的哀鸣，周围本来是一个万籁俱寂的世界。远处不时传来尼亚加拉瀑布低沉的咆哮，那咆哮声在寂静的夜空越过重重荒原，最后湮灭在遥远的森林之中。

这幅图画的宏伟和令人惊悸的凄清是人类语言所不能表达的。与此相比，欧洲最美的夜景也黯然失色。试图在耕耘过的田野上扩展我们的想象是徒劳的，它不能超越四面的村庄；但在这蛮荒的原野，我们的灵魂乐于进入林海的深处，在瀑布深渊的上空翱翔，在湖畔和河边沉思，并且可以说独自站立在上帝面前。

（程依荣／译）

弗朗索瓦·勒内·德·夏多布里昂（1768~1848），法国作家，消极浪漫主义的代表人物。文艺作品主要有中篇小说《阿达拉》《勒奈》等，通过主人公所经历的苦难以及情欲与宗教信仰的冲突，宣扬宿命论思想。夏多布里昂在法国革命时期拥护波旁王朝，还攻击启蒙主义者，反对资产阶级革命和唯物主义思想。

冬天之美

〔法国〕乔治·桑

我一直热爱乡村的冬天。我无法理解富翁们的情趣，他们在一年当中最不适于举行舞会、讲究穿着和奢侈挥霍的季节，将巴黎当作狂欢的场所。大自然在冬天邀请我们到火炉边去享受天伦之乐，而且只有在乡村才能领略这个季节罕见的明朗的阳光。

在我国的大都市里，臭气熏天的冻结的烂泥几乎永无干燥之日，看见就令人恶心。在乡下，一片阳光或者刮几小时风就使空气变得清新，使地面干爽。可怜的城市工人对此十分了解，他们滞留在城市这个垃圾场里，实在是出于无可奈何。我们的富翁们所过的人为的、悖谬的生活，违背大自然的安排，结果毫无生气。英国人比较明智，他们到乡下别墅里去过冬。

在巴黎，人们认为大自然有六个月毫无生机，可是小麦从秋天就开始发芽，而冬天惨淡的阳光——大家惯于这样描写它——是一年之中最灿烂、最辉煌的。当太阳拨开云雾，当它在严冬傍晚披上闪烁发光的紫红色长袍坠落时，人们几乎无法忍受它那令人眩目的光芒。

即使在严寒的国度里，自然界万物永远不会除掉盛装和失去盎然的生机。广阔的麦田铺上了鲜艳的地毯，而天际低矮的太阳在上面投下了绿宝石般的光辉。地面披上了美丽的苔藓。华丽的常春藤涂上了大理石般的鲜红和金色的斑纹。报春花、紫罗兰和孟加拉玫瑰躲在雪层下面微笑。由于地势的起伏，由于偶然的机缘，还有其他几种花儿躲过严寒幸存下来，它们随时使你感到意想不到的欢愉。虽然百灵鸟不见踪影，但有多少喧闹而美丽的鸟儿路过这儿，在河边栖息和休憩！当地面的白雪像璀璨的钻石在阳光下闪闪发

光，或者当挂在树梢的冰凌组成神奇的连画笔都无法描绘的水晶的花朵时，有什么东西比冬天更加美丽呢？在乡村的漫漫长夜里，大家亲切地聚集一堂，甚至时间似乎也听从我们使唤。由于人们能够沉静下来思索，精神生活变得异常丰富。这样的夜晚，同家人围炉而坐，难道不是极大的乐事吗？

（程依荣／译）

乔治·桑（1804~1876），法国女作家。生于没落贵族家庭。主要作品有《安蒂亚娜》《华伦蒂娜》《莱莉亚》《法兰西木工互助会会员》《贺拉斯》《康苏爱罗》《安吉堡的磨工》等。其作品或揭露资产阶级剥削工人、摧残妇女的真相，抨击资产阶级自由主义者的胆怯动摇，或捍卫妇女的权利。作品带有浪漫主义倾向及人道主义和空想社会主义色彩。1848 年以后，隐居乡间，作品转向对乡村田园生活的描写。

又是一个春天

〔法国〕贝尔特朗

所有扰乱人心宁静的思想、激情都是爱情的奴隶。

——柯勒律治

再来一个春天，再来一滴露水，给我苦涩的命运片刻安慰，好似从中溢出的一滴泪！

啊，我的青春，时光倏忽之间已经使你昔日的欢乐变得冰凉。可是，在被你的痛苦窒息的时光逝去后，痛苦依然存在。

啊，女人，是你们夺去我生命的光泽！如果在我的爱情遭遇中有骗子，那不是我；如果有谁受骗，那不是你们。

啊，春天！你是飞过的小鸟，你是我们匆匆来去的客人，你凄凉的歌声在诗人心间和橡树林中回荡！

在青年诗人的额上，在人世间，在老橡树的枝叶中，在树丛里，再来一道五月的阳光，再来一个春天吧！

（程依荣／译）

路易·贝尔特朗（1807~1841）法国浪漫主义诗人。代表作《夜之卡斯帕尔》被视为法国第一本散文诗集，他也被公认为是这种文体的创始人。他的作品对波德莱尔等人的创作产生过相当大的影响。

时钟

〔法国〕波德莱尔

中国人能在猫眼里看到时辰。

有一天，一个传教士在南京城外闲步时，发现自己忘记带表，于是他问一个小孩子那时是什么时候。

中国的顽童起初犹疑着，随后，他高兴起来，回答道："我就来告诉你。"过不多久，他回来了，怀里抱着一只很大的猫，他正面注视着它，断定道："现在还没有完全到正午。"他的话是没有说错的。

至于我呢，如果我向那漂亮的慧灵——那名字取得那么恰当，那带着女性的光荣，同时又是我的心的骄傲、我的精神的芳香的慧灵俯下身子时，不论是在夜晚，或是白天，在辉煌的阳光底下，或是暗黑的阴影里，我始终在她那对可爱的眼睛的深处，分明地瞧出时辰，一种老是相同的、渺茫的、庄严的、和空间一样大的，没有分和秒的区别的时辰；一种在时钟上看不出来的，静止的，却又像一口气一般轻微，一闪眼一般迅捷的时辰。

当我的眼光落在这愉快的时钟面上时，如果有什么讨厌的人来打扰我，如果有什么无礼的，没有涵养的精灵，有什么时机不好的魔鬼跑来对我说："你这样聚精会神地在那儿瞧着什么？你在这人的眼睛里寻找什么？你在那里看到时辰吗？放荡而又怠惰的人啊！"我会毫不踌躇地回答："是啊，我看到时辰，那即是永恒！"

这不是一首确有价值的，并且和你本人一样夸张的情歌吗，太太？因为我绣造这篇矫饰的媚辞时，曾经那样高兴过，所以我绝不问你要什么来做交换。

（黎烈文／译）

夏尔·皮埃尔·波德莱尔（1821~1867），法国19世纪中期重要诗人，也是卓越的散文家和文艺批评家。代表作有《恶之花》《巴黎的忧郁》等。他称自己的散文是一种"诗意的散文"，是"没有节奏、韵律的音乐"。他的作品对20世纪乃至今天的法国文学产生了深刻影响。

秋

〔法国〕马拉美

自从玛丽亚离开我到另外一个星宿中去——哪一个星宿，猎户星，牵牛星，或者是你吗，绿色的太白星？我时常有寂寞之感。我孤独地和我的猫度过了多少漫长的岁月啊！我说“孤独地”，意思是没有物质的存在物——我的猫是一个神秘的伴侣、一个精灵。因此，我可以说，我孤独地和我的猫，和一个拉丁衰亡时代的最后作家，度过了许多漫长的岁月。

自从这个白色的生物没有了以后，很奇怪而特别地，我所喜爱的一切都可以概括在“衰落”这个词里。所以，就一年来说，我喜爱的日子是夏天最后几个憔悴的日子，正当秋季开始以前。就一日来说，我挑选出门散步的时间是太阳落山之前，当黄铜色的光照在灰色的墙上，紫铜色的光照在玻璃窗上的时候。同样，在文学上，我的精神从中寻求悲哀的娱乐的，也是罗马末期的那些苦闷的诗歌，那些还没有透露出野蛮民族已走近来使它返老还童的征兆，也还没有牙牙学语产生了第一篇基督教散文的幼稚的拉丁文作品。

我一边读着这样的诗歌（它的色泽，对我来说比青年的肌肉更有魅力），一边用一只手抚摸着这个纯洁的动物的皮毛。这时，在我窗下，低沉而哀怨地响起了一架手风琴。手风琴在白杨树下漫长的人行道上响起，这些白杨树的叶子，自从上次伴着玛丽亚最后一次经过之后，即使在夏天，我也觉得它们萎黄了。有些乐器是很悲哀的，不错，钢琴闪烁发光，小提琴给残破的灵魂照明，但是手风琴，却使我在朦胧的回忆中，耽于绝望

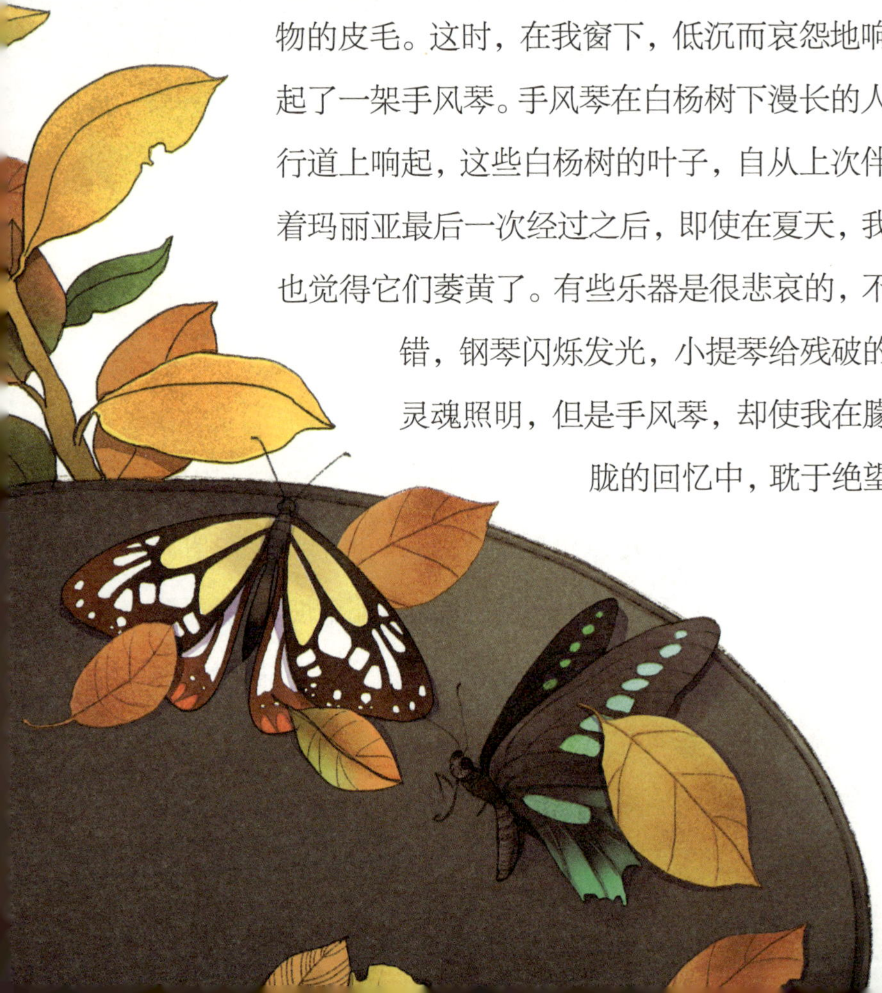

的梦想。现在，它正在悠扬地奏起一支愉快的俗曲，一支能使乡下人心里快乐起来的陈旧熟腻的调子，它的繁音促节却引得我悠然入梦，并且使我落泪，像一曲浪漫的民谣一样，你这是从哪里来的魔力啊？我慢慢地领受着它，我不敢丢一个铜子到窗外去，唯恐一动之后，就会发现这个乐器不是在为自己歌唱。

（施蛰存／译）

斯特芳·马拉美（1842~1898），19世纪法国象征派诗人，对推动象征主义诗歌艺术发展起过重要作用。他出生在一个职员家庭，4岁丧母及15岁失去妹妹成为他性格孤僻忧郁的重要原因之一。他认为诗歌读者需要做的不是理解，而是产生感触、共鸣或者遐想。他在创作中惯用直觉、推想、暗示等手法产生象征效果，注重文字的音乐美。

黎明

〔法国〕兰 波

我拥抱了这夏日的黎明。

宫殿前依然没有动静，寂然无声。池水安静地躺着，荫翳还留在林边的大道。我前行，惊醒那温馨而生动的气息，宝石般的花朵睁眼凝望，黑夜的轻翼悄然翔起。

幽径清新而朦胧。第一个相遇：一朵鲜花向我道出了芳名。

我笑向那金黄色高悬的瀑布，她散发飘逸，飞越了松林。在那银白色的峰巅，我认出了她——女神。

于是，我撩开她一层又一层的面纱。林中的小径上，我舒展着臂膀；平原上，我把她告示给雄鸡；都市里，她逃匿在钟楼和穹隆之间，像乞丐奔波在大理石的站台，我奔跑着，把她一路追寻。

大路上空，桂树林旁，我用她聚集的绡纱把她轻轻地围裹，我触碰到了她那无比丰满的玉体。黎明和孩子一起倒身在幽林之下。

醒来，已是正午。

（陈中林／译）

让·尼古拉·阿尔蒂尔·兰波（1854~1891），法国诗人。主要作品有《地狱一季》《灵光集》等。前期诗作反映普法战争和巴黎公社起义等事件。后转向象征主义，作品中充满悲观绝望的色彩。在散文诗《语言的炼金术》中，他主张打破诗歌语言的逻辑性。其作品影响了后来的颓废主义文学。

塞纳河岸的早晨

〔法国〕法朗士

在给景物披上无限温情的淡灰色的清晨，我喜欢从窗口眺望塞纳河和它的两岸。

我见过那不勒斯海湾的明净的蓝天，但我们巴黎的天空更加活跃、更加亲切、更加蕴蓄。它像人们的眼睛，懂得微笑、愤慨、悲伤和欢乐。此刻的阳光照耀着城内为生计忙碌的居民和牲畜。

对岸，圣尼古拉港的强者忙着从船上卸下牛角，而站在跳板上的搬运工轻快地传递着糖块，把货物装进船舱里。北岸，梧桐树下排列着出租马车和马匹。马匹们把头埋在饲料袋里，平静地咀嚼着燕麦，而车夫们一面站在酒店的柜台前喝酒，一面用眼角窥伺着可能出现的早起的顾客。

旧书商把他们的书箱安放在岸边的护墙上。这些善

良的精神商人长年累月生活在露天里，任风儿吹拂他们的长衫。经过风雨、霜雪、烟雾和烈日的磨炼，他们变得好像大教堂的古老雕像。他们都是我的朋友。每当我从他们的书箱前走过，都能发现一两本我需要的书，一两本我在别处找不到的书。

一阵风刮起了街心的尘土、有叶翼的梧桐籽和从马嘴里漏下的干草末。别人对这飞扬的尘土可能毫无感触，可是它使我忆起了我在童年时代凝视过的同样的情景，使我这个老巴黎人的灵魂为之激动。我面前是何等宏伟的图景：状如顶针的凯旋门、光荣的塞纳河和河上的桥梁、杜伊勒里宫的椴树、好像雕镂的珍品的文艺复兴时代的卢浮宫、最远处的夏悠宫，右边新桥方向是令人肃然起敬的古老的巴黎——它的塔楼和高耸的尖屋顶。这一切就是我的生命，就是我自己。要是没有这些令我的思想产生无数细微变化，激励我、赐我活力的东西，我也就不存在了。因此，我以无限的深情热爱巴黎。

然而，我厌倦了。我觉得生活在一座思想如此活跃，教会我思考并敦促我不断思考的城市里，人们是无法休息的。在这些不断撩拨我的好奇心、使它疲惫但又永远不能使它满足的书堆里，怎么能够不亢奋、激动呢？

（程依荣／译）

阿纳托尔·法朗士（1844~1924），法国小说家，生于巴黎书商家庭。早年创作受巴那斯派影响，后来对资本主义社会产生怀疑。代表作有《现代史话》四卷、《企鹅岛》《天使的反叛》等，或批判反动统治，或讽刺资产阶级文明。第一次世界大战末期开始和工人运动接触。1921 年获得诺贝尔文学奖。

雪夜

〔法国〕莫泊桑

黄昏时分，纷纷扬扬地下了一场雪，终于渐下渐止。沉沉夜幕下的大千世界，仿佛凝固了，一切生命都悄悄进入了梦乡。或近或远的山谷、平川、树林、村落……在雪光映照下，银装素裹，分外妖娆。这雪后初霁的夜晚，万籁俱寂，了无生气。

突然，从远处传来一阵凄厉的叫声，冲破这寒夜的寂静。那叫声，如泣如诉，若怒若怨，听来令人毛骨悚然！噢，是那条被主人放逐的老狗，在前村的篱畔哀鸣。它是在哀叹自己的身世，还是在控诉人类的寡情？

漫无涯际的旷野平畴，在白雪的覆压下蜷缩起身子，好像连挣扎一下都不情愿的样子。那遍地的萋萋芳草，匆匆来去的游蜂浪蝶，如今都藏匿得无迹可寻。只有那几棵百年老树，依旧伸展着秃枝，像是鬼影憧憧，又像那白骨森森，给雪后的夜色平添上几分悲凉、凄清。

茫茫太空，默然无语地注视着下界，越发显出它的莫测高深。雪层背后，月亮露出了灰白色的脸庞，把冷冷的光洒向人间，使人更感到寒气袭人。和月亮做伴的，唯有寥寥的几点寒星，使她也不免感叹这寒夜的落寞和凄冷。看，她的眼神是那样忧伤，她的步履又是那样迟缓！

渐渐地，月儿终于到达她行程的终点，悄然隐没在旷野的边沿，剩下的只是一片青灰色的回光在天际荡漾。少顷，又见那神秘的鱼白色开始从东方蔓延，像撒开

一幅轻柔的纱幕笼罩住整个大地。寒意更浓了。枝头的积雪都已在不知不觉间凝成了水晶般的冰凌。

啊，美景如画的夜晚，却是小鸟们恐怖战栗、备受煎熬的时光！他们的羽毛沾湿了，小脚冻僵了。刺骨的寒风在林间往来驰突，肆虐逞威，把他们可怜的窝巢刮得左摇右晃。困倦的双眼刚刚合上，一阵阵寒冷又把他们惊醒。他们只得瑟瑟缩缩地颤着身子，打着寒噤，忧郁地注视着漫天皆白的原野，期待那漫漫的长夜早到尽头，换来一个充满希望之光的黎明。

（斯章梅／译）

居伊·德·莫泊桑（1850~1893），法国作家。他一生写了350多篇中短篇小说和6部长篇小说。代表作有《羊脂球》《菲菲小姐》《一生》《漂亮朋友》等。他在创作上受福楼拜、左拉和屠格涅夫的影响，越到后期，他的作品中流露出的悲观失望情绪越浓厚。作品多揭露资产阶级的怯懦无耻，流露对劳动人民的深厚同情。他的作品在中国有广泛的影响。

猪和珍珠

〔法国〕列那尔

猪一放到草地，就张嘴吃，丑陋的嘴脸再也离不开地面。

他并不选择鲜嫩的草，他碰上什么咬什么。他盲目地向前伸着那永不疲倦的鼻子，既像是一把犁刀，又像一只瞎眼鼹鼠。

他只关心使那个已经像只腌桶的肚子滚圆。他永远也不注意天气。

刚才，他的鬃毛差点在中午的太阳光下烧起来，但那有什么关系？现在，低沉的云团充满雹子，正伸展着，向草地倾泻，但这又有什么要紧？

不错，喜鹊在不由自主地展翅逃窜。火鸡都藏进篱笆，而幼稚的马驹子在一棵橡树下躲藏。

但猪还是留在他吃东西的地方。

他一口也不放过。

他的尾巴摇晃着，照样显得非常惬意。

他浑身挨着飞雹，但只是偶尔咕噜一声：“老是这些肮脏的珍珠！”

（苏应元／译）

儒勒·列那尔（1864~1910），法国作家。初期创作受自然主义和颓废主义影响，后逐渐转向现实主义。1898 年完成《诲蟑螂》，写一位年轻的女仆在资产阶级社会被侮辱迫害的故事。接着发表小说《寄生虫》，塑造了狂妄的颓废派诗人的形象。中篇小说《胡萝卜须》描写资产阶级家庭生活对儿童身心的摧残。遗著《日记》和《书简》于 1925 年出版。

母牛

〔法国〕列那尔

给她找个名字太难了，结果就没有给她起名字。她被简称为“母牛”，而这名字对她倒最为合适。

而且，名字有多大关系呢？只要她吃！鲜草、干草、蔬菜、谷物，以至于面包和盐，她随便什么都有，而她也什么都吃，什么时候都吃，由于要反刍，还连吃两次。

她一旦见我，就用叉裂的蹄子迈着轻盈小步奔走，蹄子的毛皮与腿很相似，就像是白色的袜子。她来到了，相信我一定会给她点可吃的东西，而我，每次都以欣赏的目光看着她，情不自禁地跟她说：“行，吃吧！”

但是，她消耗东西是为了制奶，而不是肥己。一到固定的时间，她就呈献出鼓满的、正方的乳房。她并不吝惜奶——有些母牛是舍不得的，她很慷慨，只要稍微挤挤她四个富有弹性的奶头，她就排空奶泉。她腿不动，尾巴也不摇，而只用她大而柔软的舌头玩耍似的舔女佣人的脊背。

虽然她过着独身生活，但因胃口很好也不觉得无聊。只有很少情况下，她才遗憾地哞叫，模模糊糊地思念她最近一次生产的牛犊。不过，她希望有人拜访。她两角竖立在额角上，嘴唇馋馋地挂着一线涎水和一丝草茎，殷勤好客。

男人们毫无所惧地抚摸着她鼓胀的肚子，女人们也对这样大的牛竟如此温柔感到惊奇。她们做着幸福的梦。

（苏应元／译）

自由

〔法国〕罗曼·罗兰

在一切财富中，我们过去最引以为豪的自由到最后却显得比什么都软弱。千百年来，人类用牺牲、苦难、努力、英雄精神和不屈不挠的信心赢得了自由。我们呼吸它珍贵的气息，我们很自然地享受它，正如我们享受那拂过大地、充塞在我们肺部的清新空气一样……

但只要几天，这颗生命的宝石就被人偷去了。几小时内，在全世界，一片窒息的网罗便笼罩在自由那战栗的翅膀上。人们抛弃了它。不但如此，他们做了奴隶还要欢呼。我们又重新体会了那古老的真理："没有一次争取是一劳永逸的。争取是一种每天重复不断的行为。人们必须一天又一天地坚持，不然就会被消灭。"

啊，被出卖的自由！到我们忠实的心灵中来避难吧，掩上你受伤的羽翼！将来，它们一定会重新辉煌地翱翔。

那时你又将成为千万人的偶像了。现在压迫你的人到那时就会歌颂你。现在你被人掠夺、被人打击，你是悲惨的，但在我们心目中，你从未像现在这样清丽。你双手空空，你已经没什么可以贡献给爱你的人了，除了危险和你大无畏的眼睛里的笑意。然而，世界上一切财富都不能和这件礼物相比。跟随舆论和膜拜胜利的人决不会跟我们争这件礼物。我们要昂起头，追随着你，被鄙视被排斥的基督，因为我们知道你会从墓中复活。

（孙 梁／译）

罗曼·罗兰（1866~1944），法国作家、音乐家、社会活动家。早期从事戏剧创作，先后写成“信仰悲剧”三部曲，以及《群狼》、《丹东》、《七月十四日》等；20世纪初陆续发表《米开朗琪罗传》《贝多芬传》《托尔斯泰传》等名人传记。1912年出版《约翰·克利斯朵夫》。1915年获诺贝尔文学奖。

年轻的母亲

〔法国〕瓦雷理

这个一年中最佳季节的午后，像一只熟意毕露的橘子一样丰满。

全盛的园子、光、生命，慢慢地经过它们本性的完成期。我们简直可以说，一切的东西，从原始起，所作所为，无非是为了完成这个刹那的光辉而已。幸福像太阳一样看得见。

年轻的母亲从她手里小孩的面颊上闻出了她自己本质的最纯粹的气息。她拢紧他，为的要使他永远是她自己的。

她抱紧她所成就的东西。她忘怀，她乐意耽溺，因为她仿佛重新发现了自己，重新找到自己，从轻柔地接触这个鲜嫩醉人的肌肤上。她的素手徒然捏紧她所结成的果子，她觉得全然纯洁，觉得像一个完满的处女。

她恍惚的目光抚摸树叶、花朵，以及世界的灿烂的全体。

她像一个哲人，像一个天然的贤人，找到了自己的理想，照自己所应该地完成了自己。

她怀疑宇宙的中心是否在她的心里，或在这颗小小的心里——这颗心正在她臂弯里跳动，将来也要来成就一切的生命呢。

（卞之琳／译）

保尔·瓦雷理（1871~1945），法国象征派诗人，深受马拉美影响。提倡纯诗，认为诗的形式就是诗的目的。作品中宣扬世界主义和极端个人主义，认为人的理智不能领悟事物的本质。主要作品有长诗《年轻的命运女神》、诗集《魅惑》等。

门槛

〔俄国〕屠格涅夫

我看见一座大厦。正面一道窄门大开着，门里一片阴暗的浓雾。高高的门槛外面站着一个女郎……一个俄罗斯女郎。

浓雾里吹着带雪的风，从那建筑的深处透出一股寒气，同时还有一个缓慢的、浑浊的声音问着：“啊，你想跨进这门槛来做什么？你知道里面有什么东西在等着你？”

“我知道。”女郎这样回答。

“寒冷、饥饿、憎恨、嘲笑、轻视、侮辱、监狱、疾病，甚至于死亡？”

“我知道。”

“跟人们疏远，完全的孤独？”

“我知道，我准备好了。我愿意忍受一切的痛苦，一切的打击。”

“不仅是你的敌人，就是你的亲戚、你的朋友也都要给你这些痛苦、这些打击？”

“是……就是他们给我这些，我也要忍受。”

“好。你也准备着牺牲吗？”

“是。”

“这是无名的牺牲，你会灭亡，甚至没有人……没有人知道，也没有人会尊崇地纪念你。”

“我不要人感激，我不要人怜惜，我也不要名声。”

“你甘心去犯罪？”

女郎埋下了她的头。

“我也甘心……去犯罪。”

里面的声音停了一会儿。过后又说出这样的话：“你知道将来在困苦中你会否认你现在这个信仰，你会以为你是白白地浪费了你的青春？”

“这一层我也知道。我只求你放我进去。”

“进来吧。”

女郎跨进了门槛。一幅厚帘子立刻放下来。

“傻瓜！”有人在背后嘲骂。

“一个圣人！”不知道从什么地方传来了这一声回答。

（巴　金／译）

伊万·谢尔盖耶维奇·屠格涅夫（1818~1883），俄国作家。出生于农村贵族家庭，从大学时代起，屠格涅夫就开始了浪漫主义的诗歌、话剧、散文及中篇小说的创作。代表作有《罗亭》《贵族之家》《前夜》和《猎人笔记》等。《猎人笔记》是他的成名作，标志着他向现实主义的转变。这部作品着力把农民写成聪明能干、感情真挚、心地善良和内心丰富的人，可是他们正受到农奴制度的摧残，不能享受正当的生活权利，这部作品被称为“用诗写成的农奴制控诉书”。屠格涅夫驾驭文字的能力是出神入化的，文中还常运用象征的手法。他在俄国文学史上有重要的地位。

大自然

〔俄国〕屠格涅夫

我梦见自己走进一座拱顶高大的地下大厦。整个大厦里流泻着某种也是地下的、匀和的光线。

大厦正中间，坐着一位身穿飘动的绿色服装的端肃女性。她一手支颐，仿佛正在沉思。

我立刻明白，这位女性就是自然之神的化身。我一激动，心里感到一种由崇敬而来的畏惧。

我走近端坐的女性，向她深深鞠了一躬。

“啊，我们的万物之母！”我惊呼道，“你在想什么呢？你是否在思考人类未来的命运？抑或是考虑着人类如何尽可能地达到完满和幸福？”

女性慢慢地向我投来严厉、阴沉的目光。她的嘴唇嚅动了一下，便发出钢铁般铿锵有力的声音：“我正在思考的是如何让跳蚤的腿儿更有力量，以便它更容易逃脱它的敌人。进攻和防御的平衡已被破坏……应该恢复过来。”

“什么？”我低声嘀咕道，“你想的竟是这个？难道我们人类不是你心爱的儿女？”

女性微蹙双眉。

“一切生物都是我的儿女，”她说道，“所以我一视同仁地爱护它们，一视同仁地消灭它们。”

“可是善良、理性、正义呢？”我又低声嘀咕。

“这是人类的语言，”响起铿锵有力的声音，“我既不知道善，也不知道恶……理性对于我绝不是法典。再说正义是什么东西？我给了你生命，我把它夺走，赋予其他生物，赋予虫或者是人，对我都是一样。你还是防备跳蚤的袭击吧——别打扰我！”

我想反驳，可是周围的大地低声呻吟，抖动了一下，于是我醒了。

（张守仁／译）

明天，明天

〔俄国〕屠格涅夫

过去之日，多么空虚，多么乏味，多么渺小！它在身后留下的痕迹，多么稀少，多么无聊，多么愚钝，那逝去的一个个时辰！

然而，人想生存。他钟爱生活，他期冀于生活，期冀于自己，期冀于未来……啊，对于未来，他期待着多少幸福！

可是为什么他总认为，那些未来的日子和刚刚过去的这个日子不会相同呢？是啊，这是他想不到的。他根本不爱思考——他不想倒好。

“啊，明天，明天吧！”他自我安慰！一直到这个“明天”把他送到坟墓里去。

好了，一旦进入坟墓，自然就不再思考了。

（张守仁／译）

小丑

〔俄国〕屠格涅夫

世间曾有一个小丑。

他长时间都过着很快乐的生活，但渐渐地有些流言传到了他的耳朵里，说他被公认为是个极其愚蠢的、非常鄙俗的家伙。

小丑窘住了，开始忧郁地想："怎样才能制止那些讨厌的流言呢？"

一个突然的想法使他愚蠢的脑袋瓜开了窍……于是，他一点也不拖延地把他的想法付诸行动。

他在街上碰见了一个熟人，那熟人夸奖起一位著名的色彩画家。

"得了吧！"小丑提高声音说道，"这位色彩画家早已经不行了。您还不知道这个吗？我真没想到您会这样。您是个落后的人啦！"

熟人感到吃惊，并立刻同意了小丑的说法。

“今天我读完了一本多么好的书啊！”另一个熟人告诉他说。

“得了吧！”小丑提高声音说道，“您怎么不害羞？这本书一点意思也没有，大家老早就已经不看这本书了。您还不知道这个？您是个落后的人啦。”

于是，这个熟人也感到吃惊，并立刻同意了小丑的说法。

“我的朋友某君真是个非常好的人啊！”第三个熟人告诉小丑说，“他真是个高尚的人！”

“得了吧！”小丑提高声音说道，“某君明明是个下流东西！他抢夺过所有亲戚的东西。谁还不知道这个呢？您是个落后的人啦！”

第三个熟人同样感到吃惊，并立刻同意了小丑的说法。他不再同那个朋友来往。总之，人们在小丑面前无论赞扬谁和赞扬什么，他都一个劲地驳斥。

有时候，他还以责备的口气补充说道：“您至今还相信权威吗？”

“好一个坏心肠的人！一个好毒辣的家伙！”他的

熟人们开始谈论起小丑了，“不过，他的脑袋瓜多么不简单！”

“他的舌头也不简单！”另一些人又补充道，“噢，他简直是个天才！”

末了，一家报纸的出版人，请小丑到他那儿去主持一个评论专栏。

于是，小丑开始批评一切事一切人，一点也没有改变自己的手法和自己趾高气扬的姿态。

现在，他——一个曾经大喊大叫反对权威的人——自己也成了一个权威了，而年轻人正崇拜他，而且害怕他。

他们，可怜的年轻人，该怎么办呢？虽然一般来说，不应该崇拜，可是，在这儿，你试试不再去崇拜吧——你就将是个落后的人啦！

在胆小的人们中间，小丑们是能很好地生活的。

（黄伟经／译）

火光

〔俄国〕柯罗连科

很久以前，在一个漆黑的秋天的夜晚，我泛舟在西伯利亚一条阴森森的河上。船到一个转弯处，只见前面黑魆魆的山峰下面，一星火光蓦地一闪。

火光又明又亮，好像就在眼前。

“好了，谢天谢地！”我高兴地说，“马上就到过夜的地方啦！”

船夫扭头朝身后的火光望了一眼，又不以为然地划起桨来，“远着呢！”

我不相信他的话，因为火光冲破朦胧的夜色，明明在那儿闪烁。不过船夫是对的，事实上，火光的确还远着呢。

这些黑夜的火光的特点是，驱散黑暗，闪闪发亮，近在眼前，令人神往。乍一看，再划几下就到了，其实却还远着呢。

我们在漆黑如墨的河上又划了很久。一个个峡谷和悬崖，迎面驶来，又向后移去，仿佛消失在茫茫的远方，而火光却依然停在前头，闪闪发亮，令人神往——依然是这么近，又依然是那么远……

现在，无论是这条被悬崖峭壁的阴影笼罩的漆黑的河流，还是那一星明亮的火光，都经常浮现在我脑际。在这以前和在这以后，曾有许多火光，似乎近在咫尺，不只使我一人心驰神往。可是生活之河却仍然在那阴森森的两崖之间流着，而火光也依旧非常遥远。因此，必须加劲划桨……

然而，火光啊……毕竟，毕竟就在前头！

（张铁夫　廖子高／译）

柯罗连科（1853~1921），俄国现实主义作家。1876至1885年间，因从事革命活动连续四次被放逐，开始文学创作。其代表作有《马卡尔的梦》《盲音乐家》《我的同时代人的故事》等。他的思想充满矛盾，但是作品中始终保持着进步的倾向。

海燕

〔苏联〕高尔基

在苍茫的大海上，狂风卷集着乌云。在乌云和大海之间，海燕像黑色的闪电，高傲地飞翔。

一会儿翅膀碰着波浪，一会儿箭一般地直冲云霄，它叫喊着。在这鸟儿勇敢的叫喊声里，乌云听到了欢乐。

在这叫喊声里，充满着对暴风雨的渴望！在这叫喊声里，乌云感到了愤怒的力量、热情的火焰和胜利的信心。

海鸥在暴风雨到来之前呻吟着，呻吟着。它在大海上面飞蹿，想把自己对暴风雨的恐惧，掩藏到大海深处。

海鸭也呻吟着——这些海鸭呀，享受不了战斗生活的欢乐，轰隆隆的雷声就把它们吓坏了。

愚蠢的企鹅，畏缩地把肥胖的身体藏在峭崖底下……

只有那高傲的海燕，勇敢地、自由自在地，在翻起白沫的大海上面飞翔！

乌云越来越暗，越来越低，向海面压下来；波浪一边歌唱，一边冲向空中去迎接那雷声。

雷声轰响。波浪在愤怒的飞沫中呼啸着，跟狂风争鸣。看吧，狂风紧紧抱起一堆巨浪，恶狠狠地扔到峭崖上，把这大块的翡翠摔成尘雾和碎末。

海燕叫喊着、飞翔着，像黑色的闪电，箭一般地穿过乌云，翅膀刮起波浪的飞沫。

看吧，它飞舞着像个精灵——高傲的、黑色的暴风雨的精灵。它一边大笑，一边号叫。它笑那些乌云，它为欢乐而号叫！

这个敏感的精灵，从雷声的震怒里早就听出困乏，它深信乌云遮不住太阳——是的，遮不住的！

风在狂吼，雷在轰响。

一堆堆的乌云，像青色的火焰，在无底的大海上燃烧。大海抓住金箭似的闪电，把它熄灭在自己的深渊里。闪电的影子，像一条条的火蛇，在大海里蜿蜒浮动，一晃就消失了。

暴风雨！暴风雨就要来啦！

这是勇敢的海燕，在闪电之间，在怒吼的大海上高傲地飞翔。这是胜利的预言家在叫喊："让暴风雨来得更猛烈些吧！"

（戈宝权／译）

玛克西姆·高尔基（1868~1936），苏联作家，出生于木工家庭，青少年时代做过码头装卸工和烤面包工人。1906年完成了长篇小说《母亲》，这部名篇塑造了巴维尔这位觉醒了的工人阶级的典型，显示了人民，特别是无产者的能动性，受到列宁的好评。在俄国两次革命之间和十月革命后，高尔基完成了自传体三部曲《童年》、《在人间》和《我的大学》，既表现了自己的人生经历，也反映了俄国一代劳动者的成长道路。

星星和月光

〔苏联〕邦达列夫

村落沉睡了，幽暗的夜空泛着银光。一颗绿色的星星像夏夜那般温柔，它从深奥莫测的苍穹，从遥远的银河深处，若隐若现地穿过树林，友爱地向我眨着眼睛。当我走在布满灰尘的夜路上，它随我同行；当我停在桦树林边，在那幽静的树荫下，它就守候在树

从中间；当我走回家门，它在漆黑的屋檐后面朝我亲切而温柔地闪着光辉。

"这就是它，"我想，"就是我童年时代的那颗星星。那般关切,那般柔情！我什么时候见过它？在什么地方？也许，我心中一切最美好、最纯洁的东西，都应归功于它。这颗星星也许是我最后的归宿，那时，它也会像现在这样，用它那善良而欢乐的闪光来迎接我吗？"

这是不是和永恒的联系？是不是和宇宙的交谈？一切仍像童年时代神秘的梦幻一样，那么不可捉摸，又是那么美妙。

一个不眠之夜，我忽然想起一句奇怪的话："月光并非照耀着每一个人。"

为什么不是每一个人？这句话一整夜都在我心中萦绕，它蕴含着一种美妙而神秘的含义，它隐藏着一种令人痛心而又深不可测的意味。我幸福地生活在它那淡蓝色的气氛和迷人的隐秘之中，这种隐秘就像女人的柔情一般，向我预示着某种极大的欢乐和幸福，因为这句话的含义总是与女人息息相关。

到早晨，我又觉得这句话变得灰暗、模糊、毫无意义了。可当我把这句话写下来的时候，蓦地，夜间那种感觉又在我心头像火花般闪现出来——在遥远的青年时代不止一次遇到过的爱情的穿堂风再次从我面前掠过。现在我才明白这句话的全部潜在意义。它并非充满着欢乐，而是充满着对世界上许多在春天没有享受到月光的人们的哀痛。

（李济生　贺国安／译）

尤·邦达列夫（1924~　），出生于一个职员家庭，1949年开始发表作品。50年代，他的战争题材作品体现了“战壕真实”的创作倾向。60年代末的《热的雪》，被公认为“战壕真实”与“司令部真实”相结合的代表作。后又以《寂静》《两个人》《岸》《解放》《抉择》等小说和电影不断引起轰动。

生与死

〔意大利〕达·芬奇

啊，你睡了。

什么是睡眠？睡眠是死的形象。

为什么不让你的工作成为这样：死后你成为不朽的形象，好像活着的时候，你睡得成了不幸的死人。

每一种灾祸都在记忆里留下悲哀，只有最大的灾祸——死亡，不是这样。死亡把记忆和生命一股脑儿毁灭。

正像劳累的一天带来愉快的睡眠一样，勤劳的一生带来愉快的死亡。

当我想到我正在学会如何去生活的时候，我已经学会如何去死亡了。

年岁飞逝，它偷偷地溜走，而且相继蒙混。再没有比时光易逝的了，但谁播种道德，谁就收获荣誉。

废铁会生锈，死水会变得不清洁——在冷空气里还会冻结，懒惰甚至会逐渐毁坏头脑的活动力。只有勤劳的生命是长久的。

河川之水，你所触到的前浪的浪尾也就是后浪的浪头。因此，对于时间要珍惜现在。

人们错误地痛惜时间的飞逝，抱怨它去得太快，看不到这一段时期并不短暂。而自然所赋予我们的好记忆使过去已久的事情如同就在眼前。

我们无法按照事情的精确的顺序，推断不同时期所过去的事情，因为发生在许多年前的许多事情和现在仿佛是密切关联的，目前的许多事情到我们后辈的遥远年代将为历史。对眼睛来说也是如此，远处的东西被太阳光所照的时候仿佛就近在眼前，而眼前的东西却仿佛很远。

啊，时间！你销蚀万物！啊，嫉妒的年月，你摧毁万物，而且用尖利的一年一年的牙齿吞噬万物，一点一点地、慢慢地叫它们死亡！海伦[1]，当她照着镜子，看到岁月在她脸上留下的憔悴的皱纹时，她哭泣了，而且

---

[1] 海伦，指希腊神话中的美人海伦，斯巴达王墨涅拉俄斯的妻子。特洛伊王子帕里斯得到爱神阿芙洛狄特的帮助，把她诱骗走，引起了长达十年的特洛伊战争。——编者注

不禁寻思：“为什么自己竟被两次带走。”

时间啊，你耗蚀万物！嫉妒的年月啊，万物因你而消逝！

（芬 荣／译）

列奥纳多·迪·瑟皮耶罗·达·芬奇(1452~1519)，意大利15至16世纪的艺术大师和科学巨匠，文艺复兴运动最杰出的代表人物之一。他出生于佛罗伦萨附近的芬奇镇，在山村度过了童年，自幼热爱大自然，14岁到佛罗伦萨的画坊学画，并热衷于科学研究。1482年，达·芬奇来到米兰，以后的近20年是他创造力最旺盛的时期。这期间，他创作了《蒙娜丽莎》《最后的晚餐》《安加利之战》等不朽杰作；在透视学、力学、解剖学、植物学等领域的研究也多有创见，均达到了当时的最高水平；同时，他还写了大量关于艺术与科学的笔记。

夜莺

〔西班牙〕麦斯特勒思

1

当年轻的夜莺们学会了“爱之歌”，他们就四散地在杨柳枝间飞来飞去，大家都对着自己的爱人——在认识之前就恋爱了的爱人——唱着。

大家都唱给自己的爱人听，除了一只夜莺，他抬起了头，凝望着天空，并不歌唱地过了一整夜。

“他还不曾懂得那‘爱之歌’哩！”其余的夜莺们互相说着，他们就用了轻快的声音欢乐地杂乱地唱着讽刺的歌。

2

他其实是知道那“爱之歌”的，然而，唉，这不幸的夜莺却在上面，在群星运行着的青青的天空看见了一颗星，她眨着眼睛望着他。

她望着他，慢慢地、慢慢地向下沉着，在黎明之前不见了。这不幸的夜莺望着她，目不转睛地望着。当那颗星下去之后，他仍是出神地、悲哀地等到夜间。

黑夜来了，这夜莺就歌唱着，用了低低的声音——

极低的——向着那颗星。歌声一天一天地响了起来，到盛夏的时候，他已经用响亮的声音歌唱着了，很响的。他整夜地唱着，并不望一眼旁边。而天上呢，那颗星眨着眼，永远地望着他，似乎是很快乐地听着他。

等到这爱情的季节一过去，夜莺们都静下了，离开了杨柳树，今天这一只，明天别的一只。这不幸的夜莺却永远地停在最高的枝头，向着那颗星歌唱。

3

许多的夏季过去了，新爱情赶走了旧爱情，而那“爱之歌”却永远是新鲜的，每一只夜莺都向着自己的爱人歌唱。但是这不幸的夜莺还是向那颗星唱着。

在夜里，他并不注意周围已经有比他更年轻的声音歌唱着了。在夜里，简直并不想到他的兄弟们是全都死掉了。这向天上望着的、向那颗星歌唱着的夜莺，从最高的枝头跌下来死了。

那时候，那些年轻的夜莺们——每夜每夜向着他们的新爱人唱着歌的那些——不再歌唱了，他们用了杨柳叶掩盖了他，说他是一切夜莺中最伟大的诗人。可是他们却永不曾知道，他正是在杨柳树间的一切夜莺中受了最多的苦难的。

（孙 用／译）

麦斯特勒思（1854～ ），西班牙文学家，主要从事戏剧、诗歌、散文创作，并有绘画和音乐作品存世。麦斯特勒思一生创作了60多部文学作品，其中戏剧作品达22部。他的诗善于从世界整体的角度观察表现事物，抒发内心激情。他的散文重于抒情，常有感人肺腑之作。主要作品有诗歌《海之歌》《祷告》、散文《大树》《夜莺》等。

手风琴颂

〔西班牙〕巴罗哈

有一个礼拜天的傍晚，诸君在亢泰勃利亚海的什么地方的平静的小港口，有没有见过黑色双桅船的舱面，或是旧式海船上，有三四个戴着无边帽的人们，一动不动地倾听着一个练习水手用旧的手风琴拉出来的曲子吗？

黄昏时分，在海里面，对着一望无涯的水平线，总是反反复复的那感伤的旋律，虽然不知道为什么，然而是引起一种严肃的悲哀的。

旧的乐器，有时失了声音，好像哮喘病人的喘息；有时是一个船夫低声地和唱起来；有时候，则是刚要涌上跳板，却又发一声响，退回去了的波浪，将琴声、人声全都消掉了。然而，那声音仍复起来，用平凡的旋律和人人知道的歌，打破了平稳的寂寞的休息日的沉默。

当村庄上的老爷们漫步回来的时候；当乡下的青年

们比赛完打球，广场上的跳舞愈加热闹，小酒店和苹果酒吧间里坐满了客人的时候；当潮湿得发黑了的人家的檐下，疲倦似的电灯发起光来，裹着毯子的老女人们做着念珠祈祷的时候；或是九日朝山的时候，在黑色双桅船，或者装着水门汀的旧式海船上，手风琴就将悲凉的、平凡到谁都知道的、悠扬的旋律，陆续地抛在黄昏的沉默的空气中。

唉，那民众式的、从不很风流的乐器的肺里漏出来的疲乏的声音，仿佛要死似的声音，所含有的无穷的悲哀呵！

这声音，是在诉说恰如人生一样的单调的东西；既不华丽，也不高贵，也非古风的东西；并不奇特，也不伟大，只如为了生存的每日的劳苦一样，不足道的平凡的东西。

唉，平凡至极的事物的玄妙的诗味呵！

开初令人无聊、厌倦，觉得鄙俚的那声音，一点点地露出它所隐藏的秘密来了，渐渐地明白、透徹了。由那声音，可以察出那粗鲁的水手、不幸的渔夫们的生活的悲惨，在海和陆上与风帆战、与机器战的人们的苦痛，以及凡有穿破旧难看的蓝色工衣的一切人们的困惫来。

唉，不知骄盈的手风琴呵！可爱的手风琴呵！你们不像自以为是的六弦琴那样，歌唱诗底的大谎话。你们不像风笛和壶笛那样，做出牧儿的故事来。你们不像喧嚣的喇叭和勇猛的战鼓那样，将烟灌满了人们的脑袋。你们是你们这时代的东西。谦逊、诚恳、稳妥，就像民众，不，恐怕像民众而至于到了滑稽程度了。然而，你们对于人生，却恐怕是说明那实相——对着无涯际的地平线的，平凡、单调、粗笨的旋律——的吧……

（鲁 迅／译）

巴罗哈（1872~1956），西班牙作家。在他 80 多年的生涯中，巴罗哈为后人留下了大量长短篇小说、诗歌、剧本及回忆录，其中较有影响的是三部曲作品《为生活而斗争》。他一生当过乡村医生、面包商人，也从事过新闻工作。他的作品也反映了他由对资本主义的不满到无政府以及悲观主义的转变，小说《黑暗的森林》就是这种思想的反映。

最好的书

〔德国〕魏斯柯普夫

这则轶闻我曾经听好些人叙述过，轶闻的形式因事情发生的地点而异，然而我相信任何其他说法都不能跟这儿记录下来的相比，因为这儿记录下来的这则轶闻像一面小镜子那样，它所集中反映的那一部分现实，比镜面本身要大得多。

有一位纽约的交易所经纪人，由于做虽冒险却有厚利可图的卖空投机而忘了及时给他的第三任太太物色礼物。这位太太是他在一年之前的今天娶来的，她是一笔颇为可观的财产的未来继承人。经纪人进退两难地问他的女秘书，他在赶回家去之前还能买些什么。

“一只新式白金手表怎么样？”女秘书建议道。

经纪人惋惜地摇摇头：“不行。过圣诞节的时候已经给她了。”

“那么送一只金的打火机吧。”

“真糟糕！她也已经有了。”这是他的忧心忡忡的回答。

“或者送一本书吧？”

“一本书？”精明能干的投机商犹豫不决地说，这时候他的目光透过窗户投射到对面的摩天大楼上，这是制造商托拉斯公司的希腊庙宇式的银行宫。摩天大楼的墙上有一块用一人高的字母拼成的广告牌，它向人宣扬这样一个简单明了的哲理：“最好的书——您的银行存折！”

“一本书？真该死，她已经有了！”

（上 林／译）

弗兰茨·卡尔·魏斯柯普夫（1900~1955），德国杰出作家。他把中国文学翻译介绍给广大德语读者，其中一些诗歌结集名为《黄土地之歌》。他是多才多艺的作家，在小说、散文、诗歌方面都有成就，其中《轶闻录》和《我们时代的痛苦与伟大》是两本声誉很高的散文集。

赤脚的孩子

〔保加利亚〕斯米尔宁斯基

黄昏了，慢慢地，像是偷偷走着，紫丁香色的阴影落了下来，罩着森林。巨大的日轮在黄金和暗红的血的急流中快烧着了。大路像是死了的灰色的蛇，在静静的田野里躺着。看哪，那些赤脚的来了。三个、四个、六个，拖着装满了木柴和枯枝的小车，他们绷紧了他们年轻的身体上的筋肉。戴着帽檐撕破了的帽子，穿着打着黑色的补丁的灰色的裤子，他们的血管紧张得像船上的桅索一样。

额上流着汗，城市又那么远，幼小的奴隶们，在穷苦的羁轭之下,你们眼睛里燃烧着老人般的安静的悲哀。城市很远，很远！许多惬意的人要在你们身边走过，他们的汽车都要在你们身边开过去，他们一生中从来不曾尝过苦难的杯子。他们，使你们受苦的他们。

他们知道什么？在佳姆-戈利雅的大饭店里，乐队奏着乐；在别墅里，那么舒服，又那么开心！饥饿这黑鬼并不向那里伸手，烦恼也不在那里织着涂胶的网。他们知道什么？

“妈妈，这些孩子为什么拖着车子？”一个在汽车里的小小的惬意的人问着。

“已经是冬天了，他们拖木柴去。”

“他们不觉得太重吗？”

“不，亲爱的，他们已经习惯了。”

那些赤脚的停下了，喘着气，满脸怨恨地望着，又拖起了他们的小车。他们用袖子揩去额上的汗，脏黑的脖子上的血管涨大了，他们继续向前走去。一阵阵的灰土掩盖了他们，像生命一样灰色的、窒息的灰土……

在第二辆车子的木柴上，坐着一个小小的助手——蓝眼睛的小姑娘。血，暗红的血，在她的小脚上凝结了。但是，她只望望天，望望田野，微笑着。你对谁笑，金发的小奴隶？对苦难，对你的雪白的、天真的灵魂，你笑着。对青春，你用温柔的、天鹅绒一样的眼睛望着。可是明天，生命的灰色的急流将卷去你的青春，也一样卷去你的微笑。而且，拖着小车，这里看到黑暗的苦难，那里看到虚荣和永远的快乐，你就不再微笑了。阴影要罩上你的天真的脸，湿润的眼睛要露出仇恨，你就跟着你的褴褛的哥哥们，举起了你的小小的、黑黑的、握得紧紧的拳头："两个世界！一个是多余的！"

（孙 用／译）

赫里斯托·斯米尔宁斯基（1898~1923），保加利亚优秀的无产阶级革命诗人。20年代初开始文学创作，用诗歌颂扬人民的斗争和业绩，表达对劳苦大众的同情。由于贫困和劳累，他染上了肺病，不幸过早地离开了人世。他一生创作了500多首诗歌和许多散文，收在《总有一天》《冬夜》《政治的冬天》《会议流行病》等多部作品集里。季米特洛夫曾称他是"保加利亚的马雅可夫斯基"。

田园诗情

〔捷克〕恰佩克

荷兰，是水之国，花之国，也是牧场之国。一条条运河之间的绿色低地上，黑白花牛、白头黑牛、白腰黑嘴黑牛……在低头吃草，有的牛背上还盖着防潮的毛毡。牛群吃草反刍，有时站立不动，仿佛正在思考什么。牛犊的模样像贵夫人，仪态端庄，老牛好似牛群的家长，无比尊严。极目远眺，四周全是碧绿的丝绒般的草原和黑白两色的花牛。这就是真正的荷兰。

碧绿色的低地镶嵌在一条条运河之间，成群的骏马，剽悍强壮，腿粗如圆柱，鬃毛随风飞扬。除了深深的野草遮掩着的运河，没有什么能够阻挡它们飞驰到乌德列支或兹伏勒。辽阔无垠的原野似乎归它们所有，它们是这个自由王国的主人和公爵。

低地上还有白色的绵羊，它们在天堂般的绿色草原上，悠然自得。黑色的猪群，不停地呼噜着，像是对什么表示赞许。还有成千上万的小鸡、长毛山羊，但没有一个人影。这就是真正的荷兰。

只有到了傍晚，才看见有人驾着小船过来，坐上小板凳，给严肃沉默的奶牛挤奶。金色的晚霞铺在西天，远处偶尔传来汽笛声，接着又是一片寂静。在这里，谁都不叫喊吆喝，牛的脖子上的铃铛也没有响声，挤奶的人更是默默无言。

运河之中，装满奶桶的船只舒缓平稳地行驶，陆地之上汽车、火车，都装载着一罐一罐的牛奶运往城市。车过之后，一切又归于平静。狗不叫，圈里的牛不发出哞哞声，马蹄也不踢马房的挡板，真是万籁俱寂。沉睡的牲畜，

无声的低地，漆黑的夜晚，只有远处的几座灯塔在闪烁着微弱的光芒。

这就是那真正的荷兰。

（万世荣／译）

卡雷尔·恰佩克（1890~1938），捷克作家。生于医生家庭，当过新闻记者和舞台监督。早期作品受唯心主义影响。1921 年发表《机器人》。30 年代初，开始参加反法西斯斗争。1935 年至 1937 年陆续发表长篇小说《鲵鱼之乱》和剧本《白色病》《母亲》等，谴责法西斯主义，号召人民进行斗争，其他代表作还有旅途随笔《英国通信》等。

夜

〔奥地利〕卡夫卡

夜来总是呆呆地出神。

就像有人有时低头沉思一样，夜来就这样的完全呆呆地出神了。

周围的人都已沉沉入睡。这不过是在演戏，是一种天真的自我欺骗，他们自以为睡在屋子里，睡在安全的床上，在一个安全的屋顶下，伸长或蜷曲着四肢，睡在毯子下铺着床单的褥垫上。事实上，就像从前有一次以及后来再次发生的那样，他们成群结队地来到了一个荒凉的地区，在旷野里搭了帐篷，人多得不计其数。一支军队，一个民族，在冰冷天空下的冰凉大地上，就在原来站立的地方，精疲力竭地倒下了，额头压在手臂上，脸朝着土地，平静地呼吸着。

而你正醒着，是守夜人中的一个，你从身旁的柴堆里抽出一支熊熊燃烧的木棍，挥舞着，你借此发现了第二个守夜人。你为什么醒着？总得有人清醒，据说。总得有人在场。

（吴 岩／译）

弗朗茨·卡夫卡（1883~1924），奥地利作家，生于布拉格中产阶级家庭。主要作品有《审判》《城堡》和《美国》等。内容多描写人的孤独以及人在不可思议的力量面前的渺小，带有浓厚的神秘主义色彩。创作手法有表现主义色彩，常把现实生活的细节和幻想情境交织在一起。他的作品在当代西方资产阶级颓废文学中占有重要的地位。

海边幻想

〔美国〕惠特曼

我小时候有过幻想，也有过希望，总想写点什么。也许是一首诗吧，在诗里谈谈海岸。那是使人产生联想和起划分作用的一条线，是接合点，是汇合处，让固态与液态紧紧相连。海岸是奇妙而潜伏的某种东西。

每一客观形态无疑都蕴含着某种象征意味。海岸虽然空旷，却比第一眼看它时更加意味深长，将真实与理想合而为一，真实里有理想，理想里有真实。我少年时和刚成年时在长岛，常常去罗卡威的海边和康尼岛的海边，或是往东远至汉普顿和蒙托克，一去就是几个钟头，或是几天。有一次，我去了汉普顿和蒙托克，那里有一座灯塔。我站在灯塔旁，一眼望去，四周一无所有，只看到大海的动荡。

我记得很清楚，我总想着有朝一日一定要写点什么

来描绘这液态的奥妙之物。因为这点念想，结果不是什么特别的抒情诗、史诗等文学方面的愿望，竟是这海岸在我的写作中留下了一种看不见的影响，一种作用广泛的尺度和符契。

我这里向年轻的作家们提供一点线索。我也说不准，不过，除了海和岸之外，我也不知不觉地按这同样的标准对待其他的自然力量——避免追求用诗去写它们。它们太伟大，不宜按一定的格式去处理。如果我能间接地表现我同它们相遇而且相融了，即便只有一次也已足够，我就非常心满意足了，那时我和它们是真正地互相吸收了，互相了解了。

多年来，一种梦想，也可以说是一种图景时时悄悄地出现在我眼前。尽管这是想象，但我确实相信这梦想已大部分进入了我的实际生活——当然也进入了我的作品，使我的作品成形，给我的作品以色彩。那不是别的，正是这一片无垠的白黄白黄的沙地。它坚硬、平坦、宽阔，气势雄伟的大海永远不停地向它滚滚打来。海浪缓缓冲击，哗啦作响，溅起泡沫，像低音鼓咚声阵阵。这情景，这画面，多年来一直在我眼前浮现。我有时在夜晚醒来，也能清楚地听见它，看见它。

（张禹九／译）

沃尔特·惠特曼（1819~1892），美国杰出诗人。当过排字工人、小学教师、新闻记者等。他的磅礴凝练的诗风，一方面受莎士比亚、奥西安、荷马、《圣经》和东方哲学的影响，另一方面又与美国人民的现实生活密切相连。由于时代限制，他的作品始终没有超出资产阶级个人主义范畴。《草叶集》是他诗歌创作的结晶，之所以用“草叶”命名，是因为“草是自然界最普通、最平凡的东西”。通过这部诗集，我们可以清晰地看到美国19世纪的社会风貌，也可以听见他为民主和普通人而歌唱的高亢而永恒的声音。他的散文也多有名篇。

在海边的一个晴朗的冬日

〔美国〕惠特曼

前不久，十二月的一天，天气晴朗，我坐上坎登至大西洋城这条老铁路线的火车，历时一个多钟头到了新泽西的海边，度过了一个美好的冬日。

我出发得很早，一杯美味的浓咖啡和一顿丰盛的早餐使我精力充沛。好姐姐露亲手做的食物可口之极，为我带来一整天的好心情。

最后一段旅途，大约有五六英里[1]，火车开进了一片广阔的盐泽草地，那里咸水湖交错，小河道纵横。菅茅草的香味迎面扑来，使我想起了麦芽浆和家乡南部的海湾。我打算晚上到这平展而芬芳的海边大草原尽情地游玩。

从十一点钟到下午两点钟，我几乎都在海边，或是在

---

[1] 英里，是英美制长度单位，1 英里等于 5280 英尺，合 1.6093 公里，即 1609.3 米。——编者注

望得见大海的地方，听大海的沙哑的低语，吸入凉爽、使人愉快的清风。先是坐车，车轮在坚硬的沙地上匆匆驶了五英里，相似的风景在我眼前一再掠过。吃过饭后还有将近两个钟头的余暇，我朝着一个方向走去。我见不到一个人，独占了一间小屋——看样子是海滨浴场的客厅。周围的景色离奇有趣，任我独览，使人心旷神怡。这里无遮无挡——我前后左右都是菅茅草和磁麻草。空旷，简朴而毫无装饰的空旷。船在远方，再望远处，能看见一艘向这儿驶来的轮船拖着一缕黑烟。海船——横帆双桅船和纵帆双桅船更是清晰可见，其中大多乘着强劲的风，鼓扬着船帆。

海上、岸上，都充满了魅力，令人神往！它们的简朴，甚至它们的空旷，令人思量不绝！它们或间接或直接地在我心中唤起了什么呢？伸延开去的海浪，白灰色的海滩、海盐，都单调而无知觉。这里全然没有艺术，没有歌词，没有话语，也不风雅，这冬日却异常令人鼓舞，冷酷得如此超乎世俗，比我读过的所有的诗、看过的所有的画、听过的所有的音乐都更加深刻而难以捉摸地打动我。这也许正是因为我已经读过那些诗，也听过那种音乐吧。

（张禹九／译）

相模滩落日

〔日本〕德富芦花

秋冬之风完全停息，傍晚的天空万里无云。伫立遥望伊豆山上的落日，使人难以想到，世上竟还有这么平和的景象。

落日由衔山到全然沉入地表，需要三分钟。

太阳刚刚西斜时，富士、伊豆的一带连山，轻烟迷蒙。太阳即所谓白日，银光灿灿，令人目眩。群山也眯细了眼睛。

太阳越发西斜了，富士和伊豆的群山次第变成紫色。

太阳更加西斜了，富士和伊豆的群山紫色的肌肤上染了一层金烟。

此时，站在海滨远望，落日流过海面，直达我的足下。海上的船只尽皆放射出金光。逗子滨海一带的山峦、沙滩、人家、松林、行人，还有翻转的竹篓、散落的草屑，无不现出火红的颜色。

在风平浪静的黄昏观看落日，大有守侍圣哲临终之感，庄严至极，平和之至。纵然一届凡夫俗子，也会感到已将身子包裹于灵光之中，肉体消融，只留下灵魂端然伫立于永恒的海滨之上。

有物，幽然浸乎心中，言喜则过之，言哀则未及。

落日渐沉，接近伊豆山巅。伊豆山忽而变成孔雀蓝，唯有富士山头于绛紫中依然闪着金光。

伊豆山已经衔住落日。太阳落一分，浮在海面上的霞光就后退八里。夕阳从容不迫地一寸又一寸，一分又一分，顾盼着行将离别的世界，悠悠然沉落下去。

终于剩下最后一分了。它猛然一沉，变成一弯秀眉，眉又变成线，线又变成点——倏忽化作乌有。

举目仰视，世界没有了太阳。光明消逝，海山苍茫，万物忧戚。

太阳沉没了，忽然，余光上射，万箭齐发。遥望西天，一片金黄。伟人故去皆如是矣。

日落之后，富士山蒙上一层青色。不一会儿，西天的金色化作朱红，继而转为灰白，最后变得青碧一色。

相模滩上空，明星荧荧。它们是太阳的精灵，看起来仿佛在昭示着明天的日出。

（陈德文／译）

德富芦花（1868~1927），日本明治时期作家。原名德富健次郎，笔名芦花。生于士族地主家庭，做过记者。信奉基督教，向往资产阶级的自由、平等、博爱，受托尔斯泰的影响很深。小说《不如归》和《黑潮》是其代表作。前者通过女主人公浪子的一生写出日本妇女的悲惨命运，后者揭露了当时统治阶级的荒淫无耻。其他作品还有评论及随笔集《自然与人生》《蚯蚓的梦呓》等。晚期创作带有神秘主义色彩和绝望情绪。

富士的黎明

〔日本〕德富芦花

请有心人看一看此刻的富士的黎明。

早上六时过后，就站在逗子的海滨眺望吧。眼前是水雾浩渺的沙滩，滩的尽头，沿水平线可以看到微暗的蓝色。若在北端望不见相同蓝色的富士，那你也许不知道它正潜隐于足柄、箱根、伊豆等群山的一抹蓝色之中呢。

海，山，仍在沉睡。

唯有一抹蔷薇色的光，低低浮在富士峰巅，左右横斜着。忍着寒冷，再站着看一会儿吧。你会看到这蔷薇色的光，一秒一秒，沿着富士之巅向下爬动。一丈，五尺，三尺，一尺，而至于一寸。

富士这才从熟睡中醒来。

它现在醒了。看吧，山峰东面的一角，变成蔷薇色了。

看吧，请不要眨一下眼睛。富士山巅的红霞，眼看将富士黎明前的暗影驱赶下来了。一分，两分，肩头，胸前……看吧，那伫立于天边的珊瑚般的富士，那桃红溢香的肌肤——整座山变得玲珑剔透了。

富士于薄红中醒来，请将眼睛下移。红霞早已罩在最北面的大山顶上了，很快波及足柄山，接着又转移到箱根山。看吧，黎明正脚步匆匆追赶着黑夜。红追而蓝奔，伊豆的连山早已一派桃红。

当黎明红色的脚步越过伊豆山脉南端的天城山的时候，请把你的眼睛转回富士山下吧。你会看到紫色的江之岛一带，忽而有两三点金帆，闪闪烁烁。

海已经醒了。

你若伫立良久仍然毫无倦意，那就再看看江之岛对面的腰越岬赫然苏醒的情景吧，接着再看看小坪岬。还可以再站一会儿，当面前映着你颀长的身影的时候，你会看到相模滩水气渐收，海光一碧，波明如镜。此时，抬眼仰望，群山退了红装，天由鹅黄变成淡蓝。白雪富士，高倚晴空。

啊，请有心人看一看此刻的富士的黎明。

（陈德文／译）

良宵

〔日本〕德富芦花

今夜可是良宵？今宵是阴历八月十五。赏月佳季，月朗，风凉。

搁下夜间写作的笔，打开栅栏门，在院内走了十五六步。旁边有一棵枝叶浓密的栗树，黑漆漆的，树荫下有一口水井。夜气如水，在黑暗里浮动，虫声唧唧，时时有银白的水滴洒在地上，是谁汲水而去呢？

再向前行，伫立于田间。月亮离开对面的大竹林，清光溶溶，浸透天地。身子仿佛立于水中。星光微薄。冰川似的森林，看上去淡如青烟。静待良久，我身边的桑叶、玉米叶，浴着夜色，闪着碧清的光亮。棕榈在月下沙沙作响，草中虫吟，踏过去，月影先从脚尖散开。夜露瀼瀼，竹丛旁边，频频传来鸟鸣，想必月光明洁，照得它们无法安眠吧。

开阔的地方，月光如流水。树下，月光清碧，如雨滴下漏。转身走来，经过树荫时，树影里灯火摇曳。夜凉有人语。

关上栅栏门，蹲在廊下，十时过后，人迹顿绝。月上人头，满庭月影，美如梦境。

月光照着满院的树木，树影布满整个庭院。院子里光影离合，黑白斑驳。

八角金盘的影子映在廊上，像巨大的枫树。月光泻在光滑的叶面上，叶子宛若明晃晃的碧玉扇。斑驳的黑影在上面忽闪忽闪地跳动，那是李树的影子。

每当月亮穿过树梢，满院的月光和树影互相抱合着、跳跃着，黑白相映，纵横交错。我在此中散步，竟怀疑自己变成了水藻间的游鱼。

（陈德文／译）

自然之声

〔日本〕德富芦花

今年五月中旬，我在矗立于伊香保西边的高根山峰顶，藉草而坐。

前面，大壑赫然张开巨口。隔着这条沟壑，左首矗立着榛名富士，右首矗立着乌帽子岳。两山夹峙着榛名湖，水窄如一幅白练。湖的对面，扫部岳和鬓栉岳等高山临水而立，将湖面映衬得更加低平。乌帽子岳右面是信越境的群山，雪光灿灿，如波涛绵亘于天际。

近处诸山，呈现出一派绛紫色的肌肤。其间，屹然矗立于大壑之旁、嵯峨挺拔的乌帽子岳，山头皆由峭立的碧石织成。山肌历经风雨霜雪的剥蚀，形成条条褶沟。适值五月中旬，春天来到了山中。山表和山腹的褶沟里长满了孢类植物，青叶如织，恰似几条青龙蜿蜒下山而来。又像暴涨的绿瀑，从山麓跌落下来，汇成绿色的流水，一齐奔注到大鋆之中。鋆底立即腾起几座小山，掀起绿色的余波。

正是午后二时许，空气凝重、闷热，西边天空露出古铜色。满眼青山，沉沉无声。寂静充盈着山谷。

坐了片刻，乌帽子岳上空，浓云翻卷，色如泼墨。不知从何处传来了殷殷雷鸣。顿时，空气沉滞，满目山色变得忧戚而昏暗。忽然，一阵冷风，飒然拂面。湖水声、雨声、千山万谷的树木摇撼枝条的声音，在山谷里骚然而起，弥漫天地。山岳同风雨激战，矢石交飞，杀声震耳。

抬眼远望，乌帽子岳以西诸山，云雾蒙蒙，一片灰

蓝。这里正当风刀雨剑，激战方酣，国境边上的群山则雪顶鲜亮，倚天蹈地，岿然矗立。中军、殿军排列二十余里，仿佛等待着风雨的袭击，宛如滑铁卢的英军布阵，沉郁悲壮。使人感到，处处浸满了大自然的雄奇的威力。大壑上面，凸现着一棵古老的孢树，一只枭鸟兀立枝头，频频鸣叫。

雷声大作。云在我的头上黑黑地遮蔽着。风飒飒震撼着山壑。豆大的雨滴，一点——两点——千万点，噼噼啪啪落下来。

蓦然间，我冲出风雨雷电的重围，直向山口的茶馆飞跑而去。

（陈德文／译）

栗

〔日本〕德富芦花

栗为野人。栗树的皮和叶粗糙无光。它是那样木讷迟钝，那样厌恶巧言令色。它有带刺的外壳、厚厚的保护层，还有苦涩的嫩皮，把甘美的肉埋藏得深深的。真是太过分了。然而我爱栗树。

在我住了两年多的寓所院内，长着许多栗树。每逢初夏，郁郁青青的树梢缀满一串串花朵，同蓝天相辉映。花的形状和颜色酷似海军将士的肩章，只是转眼间便被委弃于地。夏天，栗树黝黑的树梢轻轻摩挲着布满繁星的夜空，微微颤动着，使人顿生凉意。

水井旁边有一株栗树。初冬时节，硕大的叶子干枯了，零落坠地，聚成一堆。我时常天不明就起床，仰望挂在疏枝上的残月。

盐原山深山探秋时节，我来到长满芒草的山腰，看到合抱粗的大栗树。它们的根部被烧荒的野火烤焦了一半，形成了空洞。然而，令人高兴的是，它们这里八九棵，那里十五六棵，高高挺立在山麓之上，向四方伸展着枝条，枝上缀着金黄的叶子。

走在山路上，草鞋不时踩在带刺的圆球上，令人嫉羡。我吟诵着“落叶满空山”，一个人在深山踽踽而行。有时看到栗子的外壳自动爆开，果实掉落地上。我明白了“闲寂”本身到底是一种什么声音。

寂然法师在歌中唱道：“大原乡间居，山深巅峰连，毛栗落纷纷，寂寂满庭院。”

（陈德文／译）

海上日出

〔日本〕德富芦花

撼枕的涛声惊破晓梦，我起身推开了房门。时值明治二十九年十一月四日拂晓，身处铫子水明楼中，楼下就是太平洋。

刚过凌晨四时，海上灰蒙蒙的，只是不时传来阵阵涛声。遥望东天，水平线上泛出了淡淡的桦树皮色。一钩弯月高挂在头顶上黛蓝的苍穹中，宛如镇守东海的金弓，发出皎洁的清光。左面黑黝黝的犬吠海峡的尽头，灯塔的回转灯在陆地和大海之间划出一道道白色的光环。

片刻之后，凛凛的晓风掠过漆黑的海面，夜幕悄悄地从东方撤离。熹微的晨光踏着波涛走来，拍打着矶岸的白浪渐次清晰可见。举目仰视，晓月不知何时从金弓幻化成了银弓。混沌的东天也变得澄明，很快就系起了一条锦带。浩渺的海面上翻动着白色的浪花和黑色的波谷。夜梦仍在海上徘徊，可是东边的天际已张开了眼睑。太平洋的夜幕即将拉开。

突然，曙光似蓓蕾初绽，如涟漪四泛，天空、水域豁然开朗。海面愈白，东天愈黄。弯月、灯塔的光芒渐次黯淡下去，最后消失在茫茫之中。此时此刻，人们不由自主地会联想起候鸟啼叫着掠过海面的情景。大海中所有的浪涛全都踮起足尖顾盼东方，一种饱含期待的喧嚣——无声之声充溢着四际。

又过了五分钟，或者十分钟。眼看着东方的太空放射出金光。忽然，大海的尽头浮现出一点猩红，那么迅疾，竟令人无暇想及日出。屏息定睛，只见海神轻展双臂，使仅露出水面的红点化作金线、金梳、金色的马蹄，旋即一跃而脱离了水面。初升的太阳早在离水之前就已喷出万点金滴，一瞬千里，犹如长蛇飞腾在太平洋上，由远而近。蓦地，眼前的矶岸突然溅起两丈多高的金色雪花。

（陈德文／译）

为人效劳的人

〔阿富汗〕乌尔法特

一个瞎子在路上走，另外一个人过来把他引上正路。可是瞎子不知道给他指路的人是谁。

一个人正在酣睡，忽然一条毒蛇昂着头向他扑来，另一个人赶过来一棍把毒蛇打死。可是酣睡者依然在梦中。

半夜时分，当躺在清真寺里生病的旅行者发出沉重的呻吟时，有一个人一直服侍他到天明。清晨，旅行者离世了。可是他到底也没认清这位帮助他的人是谁。

他走在路上，把水果送给孩子们；在沙漠中把水送给渴得要死的人；把自己的干粮分给饥饿者。可是，谁也不与他相识。

他把荆棘和碎石从大路上除掉。可是，早晨当人们在这条大路上行走的时候，谁也不知道这是他干的。谁也不认识他。

真的，我们不认得那些为我们服务的人。可是，我们对于那些达官贵人却认识得这么清楚！

为什么我们不认得那些为我们服务的人，可是，我们对于那些达官贵人却认识得那么清楚？

（董振邦／译）

乌尔法特（1909~1977），阿富汗当代散文家和诗人。他青年时代开始写诗，之后也创作散文和小说。他的作品已经编印成了十多本书，代表作为《散文选》和《诗选》。乌尔法特的作品与现实生活联系密切，揭露黑暗，同情劳动人民，反对封建压迫，为广大阿富汗人民所喜爱。他的文学创作有自己的风格，艺术造诣深厚，为推动本国文学的发展做出了卓越贡献。

新思想

〔阿富汗〕乌尔法特

我走遍东西南北，踏遍各地，寻访了所有的人。

我寻遍了每一座城市，可是无论谁家也没有它的住址。

我所要的东西这儿找不到。可是那些想做高官的人可以找到晋升的阶梯。

想要得到新汽车的人已经坐上了汽车，想要发财的人的金钱已经把银行塞满了。

只有我的愿望未能实现。因为我所想要的东西的确很稀罕，可是我非常希望能得到它。

是呀，我需要的是新的思想和新的世界。

在这里，新收音机、新电影、新手表、新装饰品，一样也不缺，可就是没有新的思想和新的主题。

在这里，诗人们吟出了许多诗，但却没一点新思想。

春天带给我们的仍是那被我们看了多次、嗅了多次的花。

我们一个世纪又一个世纪，总是翻来覆去地诵着花与夜莺的主题，没有任何新的创造。

我们只是在旧的事物里搜罗新的主题。这不过是在老太婆脸上蒙一块新纱巾而已。

这里，母亲们带来了新生的儿子，可是头脑里却生不出新的思想。

这里，妇女们可以走出大门了，可是新的主题仍然不能从大脑里走出来。

这里，由于风俗习惯，姑娘在父亲家里成了老小姐之后才嫁出去。

这里，媒人们正在旧思想的家里进进出出，旧伦理比新思想更有市场。

这里，旧观念在老太婆的秋千上任意游荡，唱的仍然是老调。

这里，靠施舍过活的人成了百万富翁，目不识丁的人当上了局长。

尽管妇女的威风已超过了丈夫，毛拉已加入了酒徒的聚会，可是新思想和新主题却依然没有产生。

孩子们一生下地就像个老头子，他们睡的是旧时代的摇篮，听的是我们那古老的儿歌，看顾他们的又是老太婆。如果我们的青年再不刮净脸上的胡子，完全可以把他们称为老翁。

我们把新帽子戴上头顶，可是拒绝接受新思想；我们建造了新城市，可是住在那里的全是老头子，讲的全是老故事。

我们在老头们的集会上唱古老歌曲，还要这些老头子们跳起青年人的阿丹舞。

我未能如愿以偿。我该到别的地方去追求新的思想。

这种新思想与那些复古的人是不会在一起的。

如果一位八十岁的老翁刚娶亲，他还是个老翁。一个老人穿上件新衣，仍然是个老人。即使他从一个旧城迁到新城，那些旧家什仍然跟着他一起走。

他们的住房是新的，思想却是旧的。虽然住在崭新的房子里，但新的思想与主题仍然产生不出来。

（董振邦／译）